EL
CASCANUECES

ALMA CLÁSICOS ILUSTRADOS

E. T. A. HOFFMANN

EL
CASCANUECES
Y EL REY DE LOS RATONES

Traducción de Carlos Fortea

Ilustrado por Rebeca Luciani

Título original: *Nussknacker und Mausekönig*

© de esta edición:
Editorial Alma
Anders Producciones S.L., 2023
www.editorialalma.com

  @almaeditorial

© de la traducción: Carlos Fortea
La presente edición se ha publicado con la autorización de Grupo Anaya, S.A.

© de las ilustraciones: Rebeca Luciani

Diseño de la colección: lookatcia.com
Diseño de cubierta: lookatcia.com
Maquetación y revisión: LocTeam, S.L.

ISBN: 978-84-18933-94-3
Depósito legal: B-14562-2023

Impreso en España
Printed in Spain

Este libro contiene papel de color natural de alta calidad que no amarillea (deterioro por oxidación) con el paso del tiempo y proviene de bosques gestionados de manera sostenible.

EL CASCANUECES
Y EL REY DE LOS RATONES

Nochebuena

Durante todo el día 24 de diciembre, los hijos del consejero médico Stahlbaum no pudieron entrar en ningún momento en la sala, y menos aún en el salón de gala contiguo. Fritz y Marie[1] estaban juntos, encogidos, en un rincón de la habitación del fondo. Era ya de noche, pero aún no habían traído ninguna luz, como solían hacer siempre en ese día señalado; así que sentían miedo. Fritz, susurrando en secreto, reveló a su hermana menor (acababa de cumplir siete años) que desde las primeras horas de la mañana había estado oyendo ruidos, murmullos y suaves golpes en las habitaciones cerradas. Le contó también que poco antes había pasado por el pasillo, a hurtadillas, un hombrecillo oscuro con una gran caja bajo el brazo, pero él sabía bien que

---

1 Hoffmann escribió este cuento en otoño de 1816. Los nombres de los dos niños, Fritz y Marie, los tomó de los de los hijos de su amigo Julius Eduard Hitzig, y Luise corresponde a la hija mayor de este, Eugenie. Asimismo Hoffmann se refleja en el personaje del padrino Drosselmeier, ya que veía a menudo a los hijos de sus amigos, a los que les hacía juguetes y contaba cuentos. Sabemos también que realizó seis dibujos para la primera edición del cuento.

no era otro que el padrino Drosselmeier. Marie comenzó a dar palmas de alegría y exclamó:

—¡Ay! ¿Qué nos habrá hecho el padrino Drosselmeier? ¡Seguro que es algo muy bonito!

El consejero jurídico superior Drosselmeier no era un hombre apuesto: era pequeño y delgado, su rostro estaba lleno de arrugas, en el ojo derecho tenía un gran parche negro y carecía de pelo, por lo que llevaba una bellísima peluca blanca de cristal, una pieza muy artística. En realidad, el padrino en sí ya era un hombre muy artístico, que entendía hasta de relojes e incluso sabía construirlos. Por ello, cuando alguno de los hermosos relojes de la casa de los Stahlbaum se ponía enfermo y no podía cantar, llegaba el padrino Drosselmeier, se quitaba su peluca de cristal y su chaqueta amarilla, se ponía un delantal azul y comenzaba a pinchar con instrumentos muy puntiagudos el interior del reloj, algo que a la pequeña Marie le hacía auténtico daño, pero que no ocasionaba ninguno en el reloj; bien al contrario, en seguida recuperaba su vitalidad y reemprendía sus susurros, sus toques y cantos, lo que causaba en todos gran alegría. Siempre que venía llevaba en el bolsillo algo bonito para los niños, unas veces un hombrecillo que giraba los ojos y se inclinaba para saludar —lo cual resultaba muy cómico—, otras una caja de la que surgía un pajarillo, o cualquier otra cosa. Pero por Navidad siempre construía algo muy hermoso y artístico que le costaba mucho trabajo, por lo que, en cuanto recibían el regalo, los padres lo guardaban con cuidado.

—¿Qué nos habrá hecho el padrino Drosselmeier? —exclamó Marie.

Fritz opinaba que solo podía tratarse de una fortaleza en la que marcharan e hicieran instrucción toda suerte de hermosos soldados, ante la cual deberían presentarse otros soldados pretendiendo entrar, y entonces los soldados del interior comenzarían a disparar valientemente sus cañones con gran estruendo.

—No, no —le interrumpió Marie a Fritz—. El padrino Drosselmeier me ha hablado de un hermoso jardín, que tiene un gran lago en el que nadan cisnes maravillosos, con collares de oro, cantando las más bellas canciones. Una niña se acerca por el jardín hasta el lago, llama a los cisnes y les da de comer mazapán.

—Los cisnes no comen mazapán —la interrumpió Fritz con cierta brusquedad—, y además el padrino Drosselmeier no puede hacer un jardín. De todas formas, tenemos pocos juguetes suyos: siempre nos los quitan en seguida. Así que casi prefiero los que nos traen papá y mamá; por lo menos, esos podemos quedárnoslos y hacer con ellos lo que nos dé la gana.

Los niños siguieron intentando adivinar qué les traerían en aquella ocasión. Marie contó que Mamsell Trutchen (su muñeca grande) había cambiado mucho; estaba mucho más torpe que nunca y se caía a cada momento al suelo, tenía señales muy feas en la cara y ya era imposible pensar siquiera en la pulcritud de sus vestidos. De nada servían las más severas reprimendas. Y, además, mamá había sonreído cuando se alegró tanto con la pequeña sombrilla de Gretchen. Fritz, por el contrario, aseguraba que en sus caballerizas faltaba un recio alazán, y sus tropas carecían por completo de caballería; y eso lo sabía papá perfectamente.

Así pues, los niños sabían que sus padres les habían comprado gran cantidad de bonitos regalos, pero también estaban seguros de que el Niño Jesús los observaba con amables y piadosos ojos infantiles y que todo regalo de Navidad, como tocado por una mano bendita, proporcionaba más alegría que ningún otro. Luise, su hermana mayor, siempre se lo recordaba cuando cuchicheaban sobre los regalos que esperaban, añadiendo además que era el Niño Jesús quien, por medio de la mano de sus queridos padres, regalaba a los niños lo que más alegría podía proporcionarles. El Niño Jesús lo sabía mejor que los propios niños; por eso era mejor que no pidieran muchas cosas, sino que esperaran con tranquilidad y piedad lo que pudiera traerles. La pequeña Marie se quedó muy pensativa, pero Fritz susurró como para sí:

—¡Lo que más me gustaría serían húsares² y un alazán!

Estaban completamente a oscuras. Fritz y Marie, muy pegados el uno al otro, no se atrevieron a pronunciar una palabra más; les parecía como si unas delicadas alas aletearan a su alrededor y se oyera, muy lejos, una música maravillosa. Un claro resplandor rozó la pared y los niños comprendieron que el Niño Jesús se había ido volando sobre una nube brillante a casa de otros niños. En aquel momento se oyó un sonido claro como la plata: «bling, bling, bling». Las puertas se abrieron de golpe y de la sala grande

---

2   Militares de un cuerpo de caballería ligera que vestían un uniforme copiado de la caballería húngara.

salió tal resplandor que los niños, gritando: «¡Ah! ¡Ah!», se quedaron petrificados en el umbral. Pero papá y mamá se acercaron a la puerta, cogieron a los niños de la mano y dijeron:

—¡Entrad, entrad, queridos niños, y ved lo que os ha traído el Niño Jesús!

LOS REGALOS

Me dirijo a ti, benévolo lector u oyente —Fritz, Theodor, Ernst o como quiera que te llames—, y te ruego que recuerdes vivamente tu última mesa de Navidad, repleta de lindos y atractivos regalos. Entonces podrás imaginarte también a los niños, de pie, quietos, mudos, con ojos brillantes. Y a Marie, que al cabo de un rato exclamó con un profundo suspiro:

—¡Ay, qué bonito! ¡Qué bonito!

Y a Fritz, que comenzó a dar saltos en el aire. Los niños debían de haber sido durante todo el año particularmente buenos y obedientes, pues nunca les habían traído tantas cosas, tan bonitas y tan magníficas como en aquella ocasión. El gran árbol de Navidad del centro de la sala estaba cargado de multitud de manzanas doradas y plateadas, y en todas las ramas pendían, a manera de capullos y flores, peladillas, caramelos de colores y toda clase de golosinas. Pero había que admitir que lo más hermoso del maravilloso árbol era que entre sus oscuras ramitas titilaban como pequeñas estrellas cientos de lucecitas; él mismo, al alumbrarse por dentro y por fuera, invitaba amablemente a los niños a coger sus flores y frutos. Todo lo que rodeaba el árbol brillaba en multitud de colores. ¡Qué cantidad de cosas bonitas había allí! ¿Quién sería capaz de describirlo? Marie pudo ver las más delicadas muñecas, toda clase de lindos cacharritos y, lo más bonito de todo, un vestidito de seda adornado con lazos de colores que estaba colgado de una percha, de forma que se podía admirar por todos los lados. Y eso era lo que estaba haciendo Marie, mientras repetía una y otra vez:

—¡Ay, qué vestido más bonito, qué bonito! ¡Y yo me lo voy a poder poner!

Mientras tanto Fritz, galopando y trotando alrededor de la mesa, había ya probado tres o cuatro veces el nuevo alazán que, en efecto, había encontrado atado a la mesa. Desmontó y opinó que era una bestia salvaje, pero que ya lo domaría, y comenzó a inspeccionar el nuevo escuadrón de húsares, vestidos espléndidamente de rojo y oro, con armas de plata y montados en unos caballos blancos tan brillantes que casi era para creer que también fueran de plata pura. Un poco más tranquilos, los niños fueron a hojear los libros de estampas, que, abiertos sobre la mesa, mostraban hermosas flores, vistosos personajes y niños jugando, pintados con tal naturalidad que parecía que estaban vivos y hablaban de verdad... ¡Bueno! Justo cuando los niños iban a mirar aquellos libros maravillosos sonó de nuevo la campana. Sabían que ahora ofrecería sus regalos el padrino Drosselmeier, así que fueron corriendo hacia la mesa que había junto a la pared. Retiraron el paraguas tras el que aquel había permanecido escondido durante todo el tiempo. ¡Lo que vieron los niños!

Sobre un césped verde, adornado con flores de colores, se levantaba un espléndido castillo con profusión de ventanas-espejo y torres doradas. Se oyó un toque de campanas y entonces se abrieron puertas y ventanas, dejando ver varios caballeros y damas, muy pequeños pero muy graciosos, que paseaban por las salas con sombreros de plumas y largos trajes de cola. En el salón central, que parecía envuelto en fuego —tal era el número de luces que ardían en los candelabros de plata—, había unos niños que bailaban al son del toque de las campanas, con sus cortos juboncillos y falditas. Un señor con un manto color esmeralda se asomaba a menudo por la ventana, saludaba al exterior y volvía a desaparecer. Incluso el mismo padrino Drosselmeier, apenas algo mayor que el pulgar de papá, aparecía abajo, ante la puerta del castillo, y volvía a entrar en el interior. Fritz observaba, con los brazos apoyados en la mesa, el bello castillo y las figuras que bailaban y paseaban. Luego dijo:

—¡Padrino Drosselmeier! ¡Déjame entrar en tu castillo!

El consejero jurídico superior le indicó que aquello era absolutamente imposible. Y además tenía razón, pues era una tontería que Fritz pretendiera entrar en un castillo que, incluyendo sus torres doradas, apenas era tan alto como él. Fritz lo admitió al cabo de un rato. Después de que los caballeros y las damas siguieran paseando de un lado a otro de la misma forma, los niños bailando, el hombre esmeralda asomándose a la misma ventana, el padrino Drosselmeier saliendo ante la puerta, Fritz exclamó impaciente:

—¡Padrino Drosselmeier, ahora sal por la otra puerta, la de enfrente!

—No se puede, querido Fritz —respondió el consejero jurídico superior.

—Bueno —continuó Fritz—, entonces haz que el hombre verde que no hace más que asomarse a la ventana vaya de paseo con los otros.

—Eso tampoco se puede —respondió de nuevo el consejero jurídico superior de mal humor—. La mecánica tiene que quedarse tal y como se ha construido.

—¿Cómo? —dijo Fritz, alargando la palabra—. ¿No se puede hacer nada de eso? Escucha, padrino Drosselmeier: si todas esas cosas tan bonitas del castillo no pueden hacer más que lo que hacen, siempre lo mismo, entonces no voy a seguir preguntando por ellos... ¡No! Prefiero mis húsares, que hacen maniobras, hacia adelante y hacia atrás, como yo quiera, y que además no están encerrados en ninguna casa.

Y, diciendo esto, se apartó de un salto de la mesa de los regalos y ordenó a su escuadrón que trotara de un lado para otro, que agitara sus banderas, atacara y disparara como le viniera en gana. Marie se había apartado en silencio de la mesa, pues también ella se aburrió pronto de los paseos y bailes de muñequitos dentro del castillo y, como era muy obediente y generosa, no quería que se le notase tanto como a su hermano Fritz. El consejero jurídico superior Drosselmeier se dirigió bastante malhumorado a los padres:

—Una obra artística así no está hecha para niños incapaces de comprenderla, de modo que voy a envolver de nuevo mi castillo.

Pero la madre, acercándose, hizo que le mostrara el sorprendente e ingenioso engranaje que ponía en movimiento los pequeños muñequitos. El consejero lo desmontó todo y lo volvió a montar. Esto le devolvió el buen humor y aun regaló a los niños algunos hombres y mujeres muy burdos, marrones, con caras, piernas y manos doradas. Todos ellos eran de confitura y olían tan bien y tan apetitosos como el pan de especias, lo que produjo gran alegría a Fritz y Marie. Su hermana Luise, como quería su madre, se había puesto el bello vestido que le habían traído y estaba preciosa; pero Marie, cuando le dijeron que se pusiera también su vestido, afirmó que prefería mirarlo primero un rato. Se lo permitieron con gusto.

EL PROTEGIDO

En realidad, si Marie no quería separarse de la mesa de Nochebuena era porque acababa de descubrir algo que hasta entonces había pasado desapercibido. Al retirar los húsares de Fritz, que habían realizado una parada militar muy cerca del árbol, se pudo ver un hombrecillo, pequeño y llamativo, que estaba de pie, en silencio y sin llamar la atención, como si esperara tranquilamente a que le tocara la vez. Había mucho que objetar a su figura, pues, aparte de que su torso, demasiado grande y largo, no concordaba con sus cortas y finas piernecillas, tenía una cabeza también excesivamente grande. Su correcta vestimenta mejoraba bastante las cosas, pues dejaba traslucir que se trataba de un hombre culto y refinado. Llevaba una bellísima chaquetilla de húsar, de color violeta brillante, con multitud de cordones blancos y botoncitos, unos pantalones del mismo color y las botas más bonitas que jamás calzaron los pies de un estudiante, incluso los de un oficial. Estaban tan ajustadas a sus delicadas piernecillas que parecían pintadas. Resultaba curioso, sin embargo, que con aquella ropa llevase colgado a la espalda un estrecho y pesado abrigo de madera y que llevase puesta una pequeña gorra de minero; pero Marie pensó que también el padrino Drosselmeier llevaba colgando siempre un horrible batín y una gorra lamentable y, sin embargo, era un padrino cariñosísimo. Marie se dio también cuenta de que el padrino Drosselmeier jamás estaría tan guapo como él, ni aunque fuera tan delicado y elegante. Y según miraba sin cesar al agradable hombrecillo, al que cogió cariño a primera vista, fue percibiendo la bondad que asomaba a su rostro. Sus ojos verde claro, demasiado grandes y saltones, solo expresaban amistad y bondad. Le sentaba muy bien la barba de algodón, muy cuidada, que marcaba su barbilla, pues hacía resaltar más aún la dulce sonrisa de sus rojos labios.

—¡Ay! —exclamó al fin Marie—. Oye, papá, ¿de quién es ese hombrecillo encantador que hay debajo del árbol?

—Ese —respondió su padre—, ese, hija mía, va a trabajar con eficacia para todos vosotros, pues va a abriros las nueces, y es de los tres: tuyo, de Luise y de Fritz.

Y, diciendo esto, lo cogió con cuidado de la mesa y, al levantarle el abrigo de madera, el hombrecillo abrió una boca grandísima dejando ver dos filas de dientecillos muy blancos y puntiagudos. A una orden de su padre, Marie introdujo en ella una nuez, y —¡crac!— al momento el hombrecillo la había abierto; las cáscaras cayeron al suelo y el dulce fruto fue a parar a manos de Marie. Entonces todos, incluida Marie, supieron que el delicado hombrecillo pertenecía a la familia de los Cascanueces y que ejercía la profesión de sus antepasados. Marie comenzó a gritar de alegría y entonces el padre dijo:

—Querida Marie, como a ti te ha gustado tanto el amigo Cascanueces, tú te encargarás de cuidarlo y protegerlo, aunque, como he dicho, Luise y Fritz pueden utilizarlo con tanto derecho como tú.

Marie lo cogió de inmediato en sus brazos y le hizo cascar nueces, pero elegía las más pequeñas, para que no tuviera que abrir tanto la boca, pues en el fondo no le sentaba nada bien. Luise se fue con Marie y también a ella tuvo que prestarle sus servicios el amigo Cascanueces, quien parecía hacerlo con gusto, pues mostraba sin cesar su amistosa sonrisa. Mientras tanto, Fritz estaba ya aburrido de tanta instrucción y tanto cabalgar y, como vio a sus hermanas tan divertidas abriendo nueces, se unió a ellas, mostrando de todo corazón con sus risas la alegría que le producía el divertido hombrecillo, el cual, como Fritz también quería nueces, iba pasando de mano en mano sin dejar de abrir y cerrar la boca. Fritz le metía siempre las nueces más grandes y más duras. De pronto se oyó un ¡crac-crac!, y de la boca del hombrecillo cayeron tres dientecitos y toda la mandíbula inferior quedó suelta, bailando.

—¡Ay, mi pobre y querido Cascanueces! —gritó Marie quitándoselo a Fritz de las manos.

—¡Vaya tipo más tonto y absurdo! —dijo Fritz—. Quiere ser cascanueces y ni siquiera tiene una dentadura adecuada. Además, seguro que no sabe nada de su oficio. ¡Dámelo, Marie! Va a seguir cascando nueces, aunque para ello pierda los dientes que le quedan, e incluso toda la mandíbula. ¡Qué me importa ese inútil!

—¡No, no! —gritó Marie llorando—. ¡No pienso dártelo, no pienso darte a mi querido Cascanueces! ¿Ves con qué tristeza me mira y me muestra su boca malherida? ¡Pero tú tienes un corazón muy duro, pegas a tus caballos y hasta ordenas que fusilen a tus soldados!

—¡Tiene que ser así y tú no entiendes nada de eso! —respondió Fritz—. Y, además, el cascanueces es tan mío como tuyo, ¡así que dámelo!

Marie comenzó a llorar con fuerza y envolvió al Cascanueces enfermo en su pequeño pañuelo. Los padres entraron con el padrino Drosselmeier. Este, para gran tristeza de Marie, se puso de parte de Fritz. Pero su padre dijo:

—He dejado muy claro que el Cascanueces está bajo la protección de Marie, y ahora, por lo que veo, la necesita, de modo que ella tiene el poder absoluto sobre él y nadie es quién para decir nada. Por otra parte, me asombra mucho que Fritz diga de alguien herido en acto de servicio que siga realizándolo. Como buen militar, debería saber que a los heridos no se les pone nunca en la fila o en el puesto. ¿O no?

Fritz estaba muy avergonzado y, sin preocuparse más ni de las nueces ni del Cascanueces, se deslizó a la otra punta de la mesa, donde estaban sus húsares. Tras haber establecido las avanzadillas, se retiraron a los cuarteles nocturnos. Marie reunió los dientes caídos del Cascanueces; vendó la mandíbula herida con un bello lazo de su vestido y después, con más cuidado aún que antes, envolvió en su pañuelo al pobre pequeñín, que estaba muy pálido y asustado. Así lo tenía en sus brazos, acunándolo como a un niño pequeño, mientras miraba los hermosos dibujos del nuevo libro que había encontrado entre los demás regalos. Se enfadó muchísimo —algo muy raro en ella— cuando el padrino Drosselmeier se rio, preguntando sin cesar cómo podía tratar con tanto cuidado a un tipo tan pequeño y horrible. Se acordó entonces de aquella extraña comparación que se le había ocurrido al ver por primera vez al hombrecillo y, muy seria, dijo:

—¿Quién sabe, querido padrino, quién sabe si tú estarías tan guapo como mi querido Cascanueces si te pusieras igual de elegante y llevaras, como él, unas botas tan bonitas y brillantes?

Marie no supo por qué sus padres se echaron a reír y por qué el consejero jurídico superior enrojeció y dejó de reírse con los demás. Seguramente sería por algo especial.

En el cuarto de estar de la casa del consejero médico, nada más entrar a la izquierda, junto a la pared larga, hay un gran armario de cristal en el que los niños guardan todos los bonitos objetos que les regalan cada año. Luise era aún muy pequeña cuando su padre se lo encargó a un hábil ebanista. Este le puso cristales claros como el cielo y supo distribuirlo todo con tal destreza, que todo lo que se colocaba en él parecía dentro casi más bonito y más brillante que si se lo sostuviera en las manos. En el estante superior, al que Marie y Fritz no alcanzaban, estaban las obras de arte del padrino Drosselmeier; en el de debajo, los libros de estampas, y los dos inferiores quedaban a disposición de Marie y Fritz, que podían llenarlos como quisieran; sin embargo, Marie siempre dedicaba el primero a casa de muñecas, mientras Fritz instalaba en el otro los cuarteles de sus tropas. Y así ocurrió también aquel día, pues Fritz había situado a sus húsares arriba, mientras Marie, después de apartar un poco a Mamsell Trutchen, sentó a la muñeca nueva tan bien vestida en el cuarto de estar, maravillosamente amueblado, aceptando su invitación a golosinas. He dicho que la habitación estaba maravillosamente amueblada y es verdad, pues no sé si tú, mi atenta oyente Marie, igual que la pequeña Stahlbaum (recuerda que también ella se llama Marie), no sé si tú, digo, tienes también un pequeño sofá de flores, varias delicadas sillitas, una hermosa mesita de té y, ante todo, una preciosa camita brillante en la que acuestas a las muñecas más bonitas. Todo esto había en el rincón del armario, cuyas paredes estaban decoradas incluso con cuadros de muchos colores, por lo que, como puedes imaginar, la nueva muñeca, que, como Marie supo aquella misma noche, se llamaba Mamsell Clärchen, tenía que encontrarse muy a gusto en aquella habitación.

Era ya muy tarde, casi medianoche. El padrino Drosselmeier se había ido hacía mucho y los niños seguían sin poderse apartar del armario de cristal, a pesar de las repetidas veces que su madre les había dicho que se fueran a la cama.

—Es cierto —exclamó al fin Fritz, refiriéndose a sus húsares—. Los pobres muchachos también necesitan ya un poco de descanso y, mientras yo esté aquí, ninguno se atreverá a hundir siquiera un poco la cabeza, eso es seguro.

Y, diciendo esto, se fue. Pero Marie continuó sus ruegos.

—Solo un ratito más, mamá, déjame solo un ratito pequeñito; es que todavía tengo que poner bien una cosa; en cuanto acabe me voy en seguida a la cama.

Marie era una niña obediente y sensata, así que su buena madre podría dejarla tranquilamente sola con sus juguetes. Pero, para que Marie no se entusiasmara demasiado con sus nuevas muñecas y sus hermosos juguetes y se olvidara de las luces, que continuaban encendidas alrededor del armario, su madre las apagó todas y solo dejó luciendo la lámpara que colgaba del techo en el centro de la habitación y que daba una luz suave y agradable.

—Acuéstate pronto, Marie querida; si no, mañana no vas a poder levantarte a la hora —dijo su madre mientas se alejaba y entraba en su habitación.

En cuanto estuvo sola se dispuso al momento a hacer algo que deseaba de todo corazón y que, sin saber ella misma por qué, no había querido contar ni a su madre.

Seguía teniendo en brazos al Cascanueces enfermo, envuelto en su pañuelo; entonces lo colocó con muchísimo cuidado sobre la mesa y desenvolvió con toda lentitud el pañuelo para mirar las heridas. El Cascanueces estaba muy pálido, pero al mismo tiempo sonreía con tanta dulzura y cariño, que Marie se sintió conmovida.

—Ay, mi buen Cascanueces —dijo en voz baja—, no te enfades porque mi hermano Fritz te haya hecho daño. No ha sido a mala idea; lo que pasa es que tanto soldado le ha hecho un poco más duro de corazón; pero, si no, es un buen chico, te lo aseguro. Además, voy a ocuparme de ti y a cuidarte hasta que vuelvas a estar totalmente sano y contento; el padrino Drosselmeier, que sabe mucho de esto, volverá a sujetarte firmemente todos los dientes y te colocará bien los hombros.

Pero Marie no pudo acabar de decir todo lo que quería, pues, en cuanto nombró al padrino Drosselmeier, su amigo Cascanueces torció el gesto y de sus ojos saltaron brillantes chispas verdes. Marie comenzaba a sentirse horrorizada cuando vio otra vez ante sí la cara y la dulce sonrisa del honrado Cascanueces y se dio cuenta de que lo que había descompuesto de forma tan

horrible su rostro había sido la corriente de aire al agitar de repente la luz de la habitación.

—¡Qué tonta soy! ¡Me asusto por nada y hasta me creo que este muñequito de madera puede hacer gestos! Y, sin embargo, quiero mucho a este Cascanueces, porque es tan cómico y bondadoso a la vez... Hay que cuidarlo como se merece.

Cogió al Cascanueces en brazos, se acercó al armario de cristal y, en cuclillas ante él, comenzó a decir a la nueva muñeca:

—Por favor, Mamsell Clärchen, préstale tu camita al Cascanueces herido y acomódate lo mejor que puedas en el sofá. Ten en cuenta que tú estás totalmente sana y llena de vigor, pues, si no, no tendrías esas hermosas y sonrosadas mejillas; además, son muy pocas las muñecas que tienen un sofá tan mullido.

Mamsell Clärchen, con su maravilloso vestido de fiesta de Navidad, se mostraba muy fina y malhumorada y no dijo ni mu.

«Pero a qué andar con tantas contemplaciones», se dijo Marie, sacando la cama. Con mucho cuidado y delicadeza metió en ella al pequeño Cascanueces, vendó con una bonita cinta que llevaba en el vestido sus hombros heridos y le tapó hasta la nariz.

—Pero no se va a quedar con esa maleducada de Cläre —siguió diciendo.

Sacó la camita con el Cascanueces dentro y la colocó en el estante superior, junto al bonito pueblo en el que estaban acantonados los húsares de Fritz. Cerró el armario con llave y, cuando ya se iba a dirigir al dormitorio —¡escuchad con atención, niños!—, comenzó un siseo muy suave, muy suave, y murmullos y susurros en derredor, detrás de la estufa, de las sillas, de los armarios.

El reloj de pared ronroneaba cada vez con más fuerza, pero no podía dar la hora. Marie miró hacia allí y la gran lechuza dorada que estaba sobre él tenía las alas abatidas, cubriendo el reloj, y había sacado además su horrible cara de gato con pico curvo. Y ronroneó aún más alto con palabras comprensibles:

Reloj, reloj, reloj, relojes,
todos tenéis que ronronear con suavidad, con mucha suavidad.
El rey de los ratones tiene un oído muy fino,
purr purr, pum pum, cantadle cancioncillas antiguas,
purr purr, pum pum, tocad, campanitas, tocad,
¡pronto estará perdido!

Y entonces, pum, pum, se oyó una voz ronca y sorda, doce veces.

A Marie le entró mucho miedo y, aterrorizada, estaba a punto de salir corriendo de allí, cuando de pronto vio al padrino Drosselmeier sentado sobre el reloj de pared en lugar de la lechuza, con los faldones amarillos de su levita caídos a ambos lados, como si fueran las alas. Marie se dominó y exclamó en voz alta y llorosa:

—¡Padrino Drosselmeier, padrino Drosselmeier! ¿Qué estás haciendo ahí arriba? ¡Baja, ven aquí conmigo y no me asustes así! ¡Anda, no seas malo, padrino Drosselmeier!

Y en aquel momento surgieron de todas las esquinas terribles risitas y silbidos, y al punto se oyeron detrás de las paredes mil piececillos corriendo y trotando, y por entre las rendijas de las tablas asomaron mil pequeñas lucecitas. Pero no eran lucecitas, ¡no!, eran pequeños ojos refulgentes. Marie se dio cuenta de que por todas partes asomaban ratones que, con gran esfuerzo, iban saliendo al exterior. Pronto todo fueron brincos y saltos por la habitación; un tropel de ratones cada vez mayor se amontonaba en grupos, unos más densos que otros, galopando de un lado a otro de la habitación, hasta que al fin se colocaron todos en fila, exactamente igual que los soldados de Fritz cuando los preparaba para la batalla. A Marie le pareció muy gracioso, y como ella, igual que les ocurre a otros niños, no sentía ninguna repugnancia natural hacia los ratones, se le había pasado el susto ya casi por completo cuando de repente se oyó un silbido tan intenso y penetrante que le recorrió la espalda un escalofrío.

¿Y qué es lo que vio?

En verdad, estimado lector Fritz, sé que tú, igual que el valiente y sabio general Fritz Stahlbaum, tienes un gran corazón, pero si hubieses visto lo que se presentó ante los ojos de Marie, estoy seguro de que habrías salido corriendo; creo, incluso, que te habrías metido en la cama tapándote hasta las orejas, mucho más de lo necesario.

Pero, ¡ay!, Marie ni siquiera podía hacer eso, pues —¡oídme bien, niños!— muy cerca de sus pies, como movida por las fuerzas del subsuelo, comenzó a brotar gran cantidad de cal, arena y fragmentos de ladrillo. Aparecieron entonces siete cabezas de ratón con siete brillantes coronas siseando y silbando horriblemente. Pronto consiguió salir también por completo el cuerpo del que nacían las siete cabezas. El enorme ratón, adornado con siete diademas, comenzó a lanzar a coro gritos de júbilo, dando tres fuertes chillidos al ejército, que de inmediato se puso en movimiento —hop, hop, trot, trot— precisamente en dirección al armario, derecho hacia Marie, quien se encontraba aún pegada a la puerta de cristal. El corazón de Marie palpitaba, angustiado, con tanta fuerza, que creyó que se le iba a saltar del pecho e iba a morirse; pero luego tuvo la sensación de que toda la sangre de sus venas se paraba. Medio desmayada, se tambaleó hacia atrás y entonces —clin, clin, prrr— comenzaron a caer trozos del cristal de la puerta, que acababa de romper con el codo. En ese momento sintió un dolor punzante en el brazo izquierdo, pero su corazón se calmó al dejar de oír los chillidos y silbidos y se sintió mucho mejor. Se había hecho de nuevo el silencio y, a pesar de que no se atrevía ni a mirar, pensó que los ratones, asustados por el ruido de los cristales rotos, habrían huido a refugiarse otra vez en sus agujeros.

Pero ¿qué era aquello?

Justo detrás de Marie comenzó un extraño rumor en el interior del armario y se dejaron oír unas vocecitas muy finas que comenzaron a decir:

—¡Venga, arriba, despertad! ¡Vamos a la batalla! ¡Hay que luchar esta misma noche! ¡Venga, arriba, a la batalla!

Y simultáneamente tintineaban con gran armonía, belleza y brío unas pequeñas campanillas.

—¡Ay! ¡Pero si ese es mi pequeño juego de campanillas! —exclamó Marie llena de alegría, dando un rápido salto a un lado.

Entonces vio que en el armario había una extraña iluminación y que todo en él estaba en movimiento. Eran varias las muñecas que correteaban de un lado para otro, dando golpes con sus pequeños brazos.

Y en aquel instante se levantó de pronto el Cascanueces, echó la colcha lejos de sí y, saltando con ambos pies de la cama, gritó con fuerza:

—¡Cuach, cuach, cuach! ¡Estúpida ratonera, cháchara estúpida, gentuza de ratones, cuach, cuach y cuach, pura cháchara!

Mientras gritaba sacó su pequeña espada y, blandiéndola en el aire, exclamó:

—Vosotros, mis queridos vasallos, amigos y hermanos, ¿queréis apoyarme en la dura lucha?

Al punto gritaron con fuerza tres Scaramouches, un Pantalón,[3] cuatro deshollinadores, dos citaristas y un tambor:

—¡Sí, señor! ¡Estamos unidos a vos con una fidelidad a toda prueba, con vos marcharemos a la lucha, la victoria o la muerte!

Y, diciendo esto, se lanzaron tras el entusiasmado Cascanueces, quien se atrevió a dar el peligroso salto desde el anaquel más

---

3 Scaramouche, en la comedia francesa, o Scaramuccia, en la *commedia dell'arte* italiana, es un personaje fanfarrón, siempre vestido de negro. Pantalón (Pantalone en italiano) es otro personaje, también de la *commedia dell'arte,* representado por un viejo avaro y libidinoso, víctima de todos los Arlequines de Italia y de todos los Scapin de Francia.

alto. ¡Sí! Para ellos era fácil lanzarse abajo, no solo porque llevaban ricos vestidos de paño y seda, sino porque en el interior de su cuerpo no había mucho más que algodón y paja, y por ello cayeron dando botes como sacos de lana. Pero el pobre Cascanueces se habría roto con toda seguridad brazos y piernas, pues, ¡imaginaos!, había casi dos pies de altura desde el estante en que se encontraba hasta el más bajo y su cuerpo era tan quebradizo que parecía tallado con madera de tilo. Sí, el pobre Cascanueces se habría roto con toda seguridad brazos y piernas si en el mismo momento en el que saltó no se hubiera levantado también Mamsell Clärchen de su sofá y no hubiera cogido al héroe con la espada desenvainada en sus suaves brazos.

—¡Ay, querida y buena Clärchen! —sollozó Marie—. ¡Cómo me he equivocado contigo! Seguro que le has dejado tu camita con gusto al amigo Cascanueces.

Mamsell Clärchen comenzó a hablar mientras estrechaba con suavidad al joven héroe contra su pecho de seda:

—¡Oh, señor! Estáis enfermo y herido y, si no queréis poneros en peligro dirigiéndoos a la lucha, ved cómo se reúnen vuestros valientes vasallos, deseosos de luchar y seguros de la victoria. Scaramouche, Pantalón, el deshollinador, el citarista y el tambor están ya abajo, y los abanderados de mi estante se encuentran ya en movimiento. ¡Señor, descansad en mis brazos y observad desde lo alto de mi sombrero de plumas vuestra victoria!

Así habló Clärchen. Pero el Cascanueces actuó como un maleducado y se puso a patalear de tal forma que Clärchen tuvo que ponerlo en seguida en el suelo. Y en aquel momento, él, con gran firmeza, colocó una rodilla en tierra y susurró:

—¡Ah, señora! ¡En la lucha y en la batalla, siempre recordaré la gracia y benevolencia que me habéis mostrado!

Clärchen se inclinó hasta cogerle por el bracito, lo subió con gran delicadeza y se soltó con rapidez el cinturón que llevaba, adornado con muchas lentejuelas; pero, cuando iba a colocárselo, el hombrecito retrocedió dos pasos, se colocó la mano en el pecho y dijo con mucha ceremonia:

—Señora mía, no desperdiciéis así vuestra merced en mí, pues...

Se interrumpió, suspiró profundamente y, arrancándose con rapidez la cinta con la que Marie le había vendado, se la acercó a los labios y se la colocó luego como banda de campaña, tras lo cual, blandiendo con valentía su brillante espadita, saltó ágil y ligero como un pajarillo por encima del listón del armario.

Ya habréis comprendido, mis excelentes y benévolos oyentes, que el Cascanueces había percibido desde el principio, antes de que adquiriera auténtica vida, todo el amor y bondad que Marie le había mostrado y que, como se sentía inclinado hacia Marie, no quería aceptar llevar siquiera una cinta de Mamsell Clärchen, a pesar de que era muy bonita y vistosa. El bondadoso y fiel Cascanueces prefería acicalarse con la sencilla cinta de Marie.

¿Pero qué pasa ahora?

Nada más saltar el Cascanueces al suelo comenzaron de nuevo los chillidos y grititos. ¡Ay! Bajo la mesa grande están ya preparadas las filas funestas de incontables ratones y por encima de todas ellas sobresale el repugnante ratón de las siete cabezas.

¿Qué ocurrirá?

La batalla

—Fiel vasallo tambor, ¡tocad a generala! —exclamó en voz muy alta el Cascanueces.

El tambor emprendió entonces un redoble tan poderoso que los cristales del armario comenzaron a temblar y tintinear. Se oyeron ruidos y golpes en su interior y Marie se dio cuenta de que todas las tropas de las cajas en las que estaba acuartelado el ejército completo de Fritz comenzaron a alzar con fuerza las tapas; los soldados salían y desde allí saltaban al estante inferior, donde se reunían formando brillantes filas. El Cascanueces caminaba de arriba abajo, dirigiendo a las tropas una arenga llena de entusiasmo.

—¡Que no se mueva ni el perro del trompetista! —exclamó el Cascanueces enfadado.

Pero a continuación se dirigió con rapidez a Pantalón, a quien, algo pálido, le temblaba muchísimo la barbilla, y dijo solemnemente:

—General, conozco su valor y su experiencia. Se trata de tener una rápida visión de la situación y aprovechar el momento. Le encomiendo el mando de toda la caballería y la artillería. Usted no necesita caballo, pues tiene unas piernas muy largas y con ellas galopa bastante bien. Haga ahora lo que corresponde a su rango.

Al momento Pantalón presionó sus largos y huesudos deditos contra los labios y cantó de forma tan penetrante que sonó como si cien alegres trompetas soplaran con alegría. En el armario comenzaron entonces a relinchar y patalear los caballos. Entonces los coraceros y dragones de Fritz y, en particular, sus nuevos y brillantes húsares comenzaron a salir y pronto estuvieron todos formados abajo, en el suelo. Regimiento tras regimiento, con las banderas desplegadas y las bandas de música tocando, iniciaron el desfile ante el Cascanueces y se colocaron en raudas filas diagonalmente en el suelo de la habitación. Ante ellos pasaron como una exhalación los cañones de Fritz, rodeados por los cañoneros, y pronto comenzó a oírse el «bum, bum». Marie vio cómo los garbanzos de caramelo caían sobre el tropel de ratones, quienes no pudieron menos de avergonzarse al ponerse todos blancos de polvo de los caramelos. Hubo sobre todo una batería, que se había subido sobre el escabel de mamá, que les causó graves daños: disparaba alajú sin interrupción, ¡pum-pum-pum!, sobre los ratones, que caían uno tras otro. Pero estos seguían aproximándose y consiguieron incluso superar uno de los cañones. Prr-prr-prr, el humo y el polvo impedían a Marie ver lo que ocurría. Lo cierto es que todos los regimientos se batían con denuedo, y que la victoria estuvo durante mucho rato oscilando de un bando a otro. Los ratones aumentaban en número cada vez más y más, y las pequeñas píldoras plateadas

que lanzaban con tanta habilidad alcanzaban ya el interior del armario de cristal. Clärchen y Trutchen corrían desesperadas de un lado a otro y acabaron con las manos llenas de heridas.

—¿Es que he de morir en mi más hermosa juventud? ¡Yo, la más hermosa de las muñecas! —gritó Clärchen.

—¿Para eso me he conservado yo tan bien, para morir aquí entre estas cuatro paredes? —exclamó Trutchen.

Ambas se echaron los brazos al cuello y comenzaron a llorar de tal forma que su llanto se oía por encima del terrible estruendo.

¡Pues bien, estimados lectores! Apenas podéis imaginaros el espectáculo que en ese momento comenzó.

Prr-prr-puf, pif-chate-ra-cha-bum-barrum-bum-barrum-bumbum, todo a la vez, y además el rey de los ratones y los suyos chillaban y gritaban, y se volvía a oír la voz potente del Cascanueces dando órdenes eficaces mientras caminaba por entre los batallones que se encontraban bajo el fuego.

Pantalón había dirigido unos cuantos brillantes ataques a la caballería y se había cubierto de gloria, pero los húsares de Fritz estaban sometidos al bombardeo de la artillería ratonil, que les arrojaba unas horribles bolas apestosas que les pusieron perdidos sus pantalones rojos, por lo que no avanzaban casi nada. Pantalón les hizo girar por la izquierda, y con el entusiasmo del mando él hizo lo mismo, así como sus coraceros y dragones; es decir, todos giraron a la izquierda y se fueron a casa. Esto puso en peligro a la batería que se encontraba situada sobre el escabel, y poco después atacó un grupo de ratones con tanta fuerza que volcó la pequeña

tarima, incluidos cañones y cañoneros. El Cascanueces, conster-
nado, ordenó que el ala derecha retrocediera.

Tú, Fritz, mi oyente, experto militar, sabes que tal movimiento significa casi la huida y sé que lamentas igual que yo la desgracia que amenazaba al ejército del pequeño Cascanueces, tan
amado por Marie.

Pero aparta tu mirada de esta calamidad y observa el ala izquierda del ejército del Cascanueces, donde todo lleva un excelente camino y aún existen grandes esperanzas para el general y su
ejército, pues durante este enfrentamiento habían ido aparecien-
do, en enorme silencio, grandes masas de caballería ratonil de
debajo de la cómoda, que, acompañando su ataque de horribles
chillidos, se lanzaron con furia sobre el ala izquierda del ejército
del Cascanueces. ¡Pero con qué resistencia se encontraron!

Con lentitud —pues así lo exigían las dificultades del terreno,
ya que había que superar el listón del armario— había ido avan-
zando el cuerpo de los estandartes, bajo el mando de dos emperadores chinos, y había formado *en carré plain*.[4]

Eran unas tropas excelentes, gallardas, de gran colorido, for-
madas por multitud de jardineros, tiroleses, manchúes, peluque-
ros, arlequines, cupidos, leones, tigres, macacos y monos que se
batían con sangre fría, coraje y tenacidad. Este batallón de élite
hubiese logrado, con valor espartano, arrancar la victoria al enemigo, de no haber conseguido un audaz capitán de caballería

---

4 Manera de disponer la tropa de forma que haga frente al enemigo por los cuatro costados.
   (En francés en el original.)

enemiga, en un temerario avance, arrancar de un mordisco la cabeza de uno de los emperadores chinos, que, al caer, arrastró consigo a dos tunguses y un macaco. Esto ocasionó un hueco por el que penetró el enemigo y, poco después, todo el batallón estaba destrozado a dentelladas y mordiscos. Pero el enemigo no logró más que una mínima ventaja con esta fechoría. En el momento en que un sanguinario jinete de la caballería ratonil rompía con sus dientes a un valiente enemigo, le entró por el cuello una pequeña bola de papel que le mató en el acto.

¿Era esto suficiente para las huestes del Cascanueces, que, en cuanto comenzaron a retirarse, retrocedieron más y más, perdiendo cada vez más gente, de forma que el infeliz Cascanueces se encontraba ya pegado al armario de cristal junto a un pequeño puñado de gente?

—¡Que avance la reserva! Pantalón, Scaramouche, tambor, ¿dónde estáis? —gritaba el Cascanueces, manteniendo aún la esperanza de que se formaran y salieran del armario de cristal nuevas tropas.

Y, efectivamente, surgieron algunos hombres y mujeres marrones, de arcilla, con las caras doradas, sombreros y yelmos; pero se batían con tanta torpeza que no acertaban a dar a ninguno de los enemigos y a punto estuvieron incluso de arrebatar la gorra del Cascanueces, su general. Y pronto llegaron a ellos los cazadores enemigos, que, a mordiscos, les arrancaron las piernas. Al caerse, incluso acabaron con algunos de los hermanos de armas del Cascanueces. Este se encontraba estrechamente cercado por los enemigos, en peligro extremo. Quiso saltar por encima del listón del armario, pero sus piernas eran demasiado cortas; Clärchen y Trutchen estaban sin sentido y no podían ayudarle, húsares y dragones saltaban alegres a su lado y entraban en el armario, hasta que, desesperado, gritó:

—¡Un caballo! ¡Un caballo! ¡Mi reino por un caballo![5]

En ese mismo instante dos cazadores enemigos le agarraron por el abrigo de madera, y el rey de los ratones, de un salto, se acercó chillando de júbilo por el triunfo con sus siete gargantas. Marie no pudo contenerse más:

—¡Mi pobre Cascanueces! ¡Mi pobre Cascanueces! —exclamó entre sollozos.

Sin darse cuenta realmente de lo que hacía, se quitó el zapato izquierdo y lo lanzó con fuerza al grupo más numeroso de ratones, en el que se encontraba el rey. Al instante pareció que todos habían desaparecido y muerto, pero Marie sintió en el brazo izquierdo un dolor aún más punzante que antes y cayó desmayada.

La enfermedad

Cuando Marie despertó de su letargo, yacía en su camita y el sol entraba, chispeante y alegre, en la habitación a través de los cristales cubiertos de hielo. A su lado estaba sentado un hombre desconocido, al que pronto reconoció como el cirujano Wendelstern. Este dijo en voz baja:

---

5 *Ricardo III*, de Shakespeare, acto V, escena 4.ª.

—¡Por fin ha despertado!

Su madre le dirigió una mirada inquisitorial y preocupada y se acercó a ella.

—Ay, mamá querida —susurró la pequeña Marie—, ¿se han ido por fin todos esos horribles ratones, se ha salvado el buen Cascanueces?

—No digas más tonterías, Marie —respondió la madre—. ¿Qué tienen que ver los ratones con el cascanueces? Pero por tu culpa, niña mala, hemos estado muy preocupados. Y todo porque los niños son cabezotas y no obedecen a sus padres. Ayer noche estuviste hasta muy tarde jugando con tus muñecas. Estabas medio dormida y es posible que un ratoncito (aunque aquí normalmente no los hay) saliera y te asustara. Bueno, lo cierto es que rompiste con el brazo uno de los cristales del armario y te hiciste un corte tan profundo que el señor Wendelstern, que acaba de sacarte hace un momento los cristales que aún tenías en las heridas, opina que si el cristal te hubiese cortado una vena podrías haberte quedado con un brazo inmóvil e incluso podrías haberte desangrado. Gracias a Dios, desperté a medianoche y te eché en falta, así que me levanté y fui al cuarto de estar. Allí te encontré, tendida en el suelo junto al armario de cristal, sin sentido y sangrando sin cesar. Estuve a punto de desmayarme yo misma del susto. Estabas allí caída y, a tu alrededor, diseminados, los soldaditos de plomo de Fritz y otros muñecos, estandartes rotos, hombrecitos de bizcocho; pero en tu brazo herido sostenías el cascanueces, y no lejos de ti, tu zapato izquierdo.

—Ay, mamaíta, mamaíta —la interrumpió Marie—. ¿Ves? Esas eran las señales de la batalla entre los muñecos y los ratones y, al ver que los ratones iban a coger preso al pobre Cascanueces, que era quien dirigía al ejército de muñecos, me asusté mucho. Entonces arrojé mi zapato sobre los ratones y ya no sé lo que pasó.

El cirujano Wendelstern hizo un gesto con los ojos a la madre y esta dijo a Marie con gran dulzura:

—Bueno, olvídalo y tranquilízate. Ya han desaparecido todos los ratones y el cascanueces está sano y salvo en el armario de cristal.

Entonces entró el consejero médico en la habitación y mantuvo una larga conversación con el cirujano Wendelstern. Después tomó el pulso a Marie. Ella oyó que hablaban de una fiebre producida por la herida. Tenía que quedarse en cama y tomar una medicina. Así transcurrieron unos cuantos días, aunque ella, excepto algún dolor en el brazo, no se sentía enferma ni molesta. Sabía que el pequeño Cascanueces estaba sano y salvo tras la batalla y a veces le parecía que, como en sueños, le decía en un tono claramente perceptible, aunque ciertamente lastimero:

—Marie, estimadísima señora, sé que os debo mucho, ¡pero aún podéis hacer mucho más por mí!

Marie recapacitaba en vano pensando qué podría ser, pero no se le ocurría nada.

Marie no podía jugar a gusto a causa de su brazo herido y, cuando se ponía a leer o incluso a mirar los dibujos de los libros,

se le nublaba la vista y tenía que dejarlo. Así pues, el tiempo se le hacía larguísimo y deseaba con todas sus fuerzas que llegara el atardecer, pues entonces su madre se sentaba a leerle y le contaba muchas cosas bonitas. Acababa de terminar su madre la excelente historia del príncipe Fakardin[6] cuando se abrió la puerta y entró el padrino Drosselmeier diciendo:

—Ya es hora de que vea por mí mismo cómo está la enferma.

En cuanto Marie vio al padrino Drosselmeier con su chaquetita amarilla, se le vino a la mente con entera viveza la imagen de aquella noche en la que el Cascanueces perdió la batalla contra los ratones, y de forma totalmente involuntaria le gritó al consejero jurídico superior:

—¡Ay, padrino Drosselmeier, estuviste realmente horrible! ¡Te vi sentado encima del reloj cubriéndolo con tus alas para que no sonara muy fuerte, porque, si no, habrían ahuyentado a los ratones! ¡Yo oí perfectamente cómo llamabas al rey de los ratones! ¿Por qué no viniste en ayuda del Cascanueces, en mi ayuda, horrible padrino Drosselmeier? ¿No eres tú el único culpable de que esté herida y enferma en la cama?

La madre preguntó asustada:

—¿Qué te pasa, querida Marie?

Pero el padrino Drosselmeier hizo gestos muy extraños y comenzó a decir con monótona voz de grajo:

6　El cuento del príncipe Fakardin de Trebisonda es mencionado a menudo por Hoffmann (ya aparece en «El magnetizador», incluido en las *Fantasías a la manera de Callot*). Su autor es el escritor irlandés en lengua francesa Antoine, conde de Hamilton (1646-1720), que escribió también las *Memorias del conde de Gramont*, cuñado suyo, y unas colecciones de *Cuentos y poesías*.

—¡Péndulo tenía que ronronear, picar, no quería portarse bien, relojes, relojes, péndulos de reloj tienen que ronronear, en silencio, ronronear, tocar las campanas fuertes, tilín, tilán, hink y honk, y honk y hank, niña de las muñecas, no tengas miedo, las campanillas tocan, ya es la hora, hay que echar al rey de los ratones, y viene el búho en rápido vuelo, pac y pic, y pic y puc, campanita, bim, bim, relojes, ron, ron, los péndulos tienen que ronronear, picar, no quería portarse bien, ran y run, pirr y purr!

Marie observó al padrino Drosselmeier inmóvil, con los ojos muy abiertos, porque su aspecto era muy distinto y aún mucho más desagradable de lo habitual, y estaba moviendo su brazo derecho hacia adelante y hacia atrás como una marioneta a la que tiran del hilo. El padrino podría haberle dado auténtico pavor de no haber estado su madre presente, y si Fritz, que entre tanto había entrado a hurtadillas en la habitación, no le hubiese interrumpido al fin con una gran carcajada:

—¡Ay, padrino Drosselmeier! —exclamó Fritz—. ¡Hoy estás muy divertido, te mueves como un bufón al que hace mucho tiré a la estufa!

La madre se quedó muy seria y dijo:

—Querido señor consejero jurídico superior, ¿qué broma tan extraña es esa? ¿Qué quiere usted decir?

—¡Cielo santo! —respondió Drosselmeier riéndose—. ¿Acaso se ha olvidado usted de mi bella cancioncilla del relojero? Se la suelo cantar siempre a pacientes como Marie.

Y, diciendo esto, se sentó de inmediato muy cerca de la cama de Marie y dijo:

—Por lo que más quieras, no te enfades porque no sacara en el primer momento sus catorce ojos al rey de los ratones, pero no podía ser. En su lugar te voy a dar una enorme alegría.

Y mientras así hablaba, el consejero jurídico superior introdujo la mano en el bolsillo, y con mucha suavidad extrajo... el Cascanueces, al que con gran habilidad había colocado de nuevo los dientes caídos y fijado la mandíbula desencajada. Marie dio un grito de alegría y la madre dijo sonriendo:

—¿Ves? ¿Te das cuenta ahora de lo bien que se porta el padrino Drosselmeier con tu Cascanueces?

—Pero admitirás, Marie —interrumpió el consejero jurídico a la señora del consejero médico—, admitirás que el Cascanueces no tiene buen aspecto y que su cara no es precisamente lo que se suele llamar hermosa. Si quieres oírlo, te puedo contar cómo tal fealdad entró en su familia y se transformó en hereditaria. ¿O por casualidad conoces ya la historia de la princesa Pirlipat, la bruja Ratonilda y el artístico relojero?

—Oye —interrumpió en ese momento Fritz, sin darse cuenta—, oye, padrino Drosselmeier, los dientes se los has puesto muy bien y la mandíbula ya no baila tanto. Pero ¿por qué le falta la espada?

—Ah —respondió el consejero jurídico superior de mal humor—, chico, siempre estás criticando y sacando faltas a todo. ¡Qué me importa a mí la espada del Cascanueces! Yo le he curado el cuerpo; que él mismo se consiga una espada como pueda.

—Eso es cierto —exclamó Fritz—; si es un tipo capaz, sabrá encontrar armas.

—Así pues, Marie —continuó el consejero jurídico superior—, dime si sabes la historia de la princesa Pirlipat.

—¡Ay, no! —respondió Marie—. ¡Cuéntamela, querido padrino Drosselmeier, cuéntamela!

—Confío —intervino entonces la señora del consejero médico—, señor consejero jurídico superior, en que su historia no sea tan horrible como todo lo que usted suele contar.

—En absoluto, carísima señora del consejero médico —respondió Drosselmeier—. Al contrario, lo que tengo el honor de contar ahora es algo divertido.

—Cuenta, cuenta ya, querido padrino —exclamaron los niños.

El consejero jurídico superior comenzó:

Cuento de la nuez dura

La madre de Pirlipat era esposa de un rey y, por tanto, reina; y nuestra Pirlipat, desde el mismo momento en que nació, princesa. El rey no cabía en sí de gozo por la hijita que yacía en la cuna; daba gritos de alegría, bailaba y saltaba a la pata coja, gritando una y otra vez:

—¡Yupi! ¿Ha visto alguien nunca algo más bonito que mi Pirlipatilla?

Y todos, ministros, generales, presidentes y oficiales, saltaban, igual que el rey, sobre una sola pierna, gritando muy alto:

—¡No, nunca!

Y de hecho era imposible negar que desde que el mundo existe nunca había nacido niño más hermoso que la princesa Pirlipat. Su carita parecía tejida con delicados copos, blancos como lirios y rojos como rosas; sus ojitos, unos vivos azures chispeantes, y sus rizos, entremezclándose en brillantes hilos de oro, eran la misma belleza. Además, Pirlipatilla había traído al mundo una fila de pequeños dientes como perlas, con los que, dos horas después de nacer, mordió el dedo del canciller imperial cuando este estaba viéndolos más de cerca, haciéndole gritar:

—¡Oh, Jesús!

Otros afirman que gritó: «¡Ay, ay!», pero las opiniones al respecto siguen aún hoy muy divididas. Brevemente, Pirlipatilla mordió de hecho al canciller imperial en el dedo, y el país, entusiasmado, supo así que en el hermoso y angelical cuerpecito de Pirlipatilla habitaba también el ingenio, el ánimo y la razón. Como ya he dicho, todo era alegría; únicamente la reina estaba atemorizada e inquieta, aunque nadie sabía por qué. Ante todo, llamó la atención el hecho de que hiciera vigilar la cuna de Pirlipat con gran atención, pues además de que las puertas estaban ocupadas por alabarderos, dos niñeras tenían la orden de permanecer siempre junto a la cuna y otras seis debían estar, noche tras noche, sentadas en la habitación.

Pero lo que a todos parecía una locura y nadie podía comprender es que cada una de las seis cuidadoras debía tener un gato en el regazo y acariciarlo durante toda la noche con el fin de obligarle a ronronear sin interrupción. Es imposible, queridos niños, que podáis adivinar por qué la madre de Pirlipat organizó todo ese tinglado, pero yo lo sé y os lo voy a contar.

En cierta ocasión se reunieron en la corte del padre de Pirlipat gran cantidad de magníficos reyes y agradabilísimos príncipes; todo se organizó con gran boato y tuvieron lugar multitud de justas de caballeros, comedias y bailes cortesanos. El rey, con el fin de mostrar con claridad que a él no le faltaban ni el oro ni la plata, quiso sacar un buen puñado del tesoro de la corona y con ello hacer algo realmente extraordinario. Por el jefe superior de cocina se había enterado en secreto de que el astrónomo de la corte había anunciado la época de la matanza, de modo que encargó una soberbia cantidad de salchichas, morcillas y todo tipo de embuchados, tras lo cual él mismo, en su coche, fue a invitar a todos los reyes y príncipes... solo a una cucharada de sopa, para disfrutar así con la sorpresa que tales delicias podían producir. Entonces dijo con toda amabilidad a la reina:

—Querida, ya sabes cuánto me gustan los embutidos.

A la reina no le cabía duda de lo que quería decir con eso; no significaba otra cosa sino que ella misma se dedicara en persona al provechoso oficio de hacer salchichas y morcillas, como ya había ocurrido otras veces. El tesorero jefe recibió la orden de llevar de inmediato a la cocina el gran puchero de oro para salchichas y todas las cacerolas de plata. Prepararon un gran fuego con leña de sándalo, la reina se puso sus grandes delantales de damasco y pronto comenzaron a humear en el puchero los dulces aromas del caldo de salchichas. El reconfortante olorcillo llegó hasta el consejo de Estado. El rey, lleno de entusiasmo, no pudo aguantarse.

—Con su permiso, señores —exclamó.

Y de un salto se plantó en la cocina, abrazó a la reina, removió un rato con su cetro de oro el puchero y volvió, ya más tranquilo, al consejo de Estado. Justo entonces había llegado el momento importante en que hay que cortar el tocino en dados y asarlos en la parrilla de plata. Las damas de la corte se retiraron, pues la reina, por su fidelidad y respeto hacia su real esposo, quería hacerlo sola. Pero, cuando el tocino comenzó a tostarse, se oyó una vocecita finísima y susurrante que decía:

—¡Hermana, dame a mí también un poco de asado, yo también quiero un banquete! ¡Yo también soy reina, dame un poco de asado!

La reina sabía bien que quien así hablaba era doña Ratonilda. Doña Ratonilda vivía hacía ya muchos años en el palacio del rey. Afirmaba que estaba emparentada con la familia y que ella misma era soberana del reino de Ratonia, por lo que, además, tenía toda una corte bajo el fogón. La reina era una mujer buena y generosa y, aunque no reconocía a doña Ratonilda como reina y hermana suya, le concedió de todo corazón que tomara parte en el banquete de aquel día de fiesta y dijo:

—Claro, salid de ahí, doña Ratonilda; venid a probar mi tocino.

Doña Ratonilda salió rápida y llena de gozo, saltó sobre el fogón y fue cogiendo con sus pequeñas y delicadas patitas un trocito de tocino tras otro según la reina se los iba dando. Pero entonces aparecieron también los compadres y comadres de doña Ratonilda, además de sus siete hijos, unos tunantes muy desobedientes, y se lanzaron sobre el tocino, de forma que la reina, asustada, no podía defenderse de ellos. Por suerte acudió en su ayuda la camarera mayor y ahuyentó a los indignos invitados, con lo que se pudo salvar algo de tocino. Llamaron entonces al matemático de la corte, y este dio las instrucciones para que se repartiera equitativamente el tocino entre todos los embutidos.

Resonaron trompetas y tambores, y todos los potentados presentes y los príncipes se dirigieron envueltos en brillantes ropajes de fiesta, unos sobre andas y otros en carruajes de cristal, al banquete de la matanza. El rey los recibió con cordial amabilidad y benevolencia y luego, ataviado como señor del reino, con cetro y corona, se sentó a la cabecera de la mesa. Ya durante el plato de botagueña se vio al rey palidecer cada vez más y levantar los ojos al cielo, mientras tenues suspiros escapaban de su pecho. ¡Parecía que en su interior hervía un intensísimo dolor! Mas durante el plato de morcillas se hundió, entre lamentos y sollozos, en su asiento, llorando y gimiendo.

Todos saltaron sobre la mesa; su médico de cabecera se esforzó en vano por tomar el pulso del infeliz rey. Parecía que una profunda e infinita desgracia estaba desgarrándole. Por fin, tras continuas palabras de aliento y aplicarle fuertes remedios, como son en este caso cenizas de plumas de ganso y similares, pareció que el rey volvió en sí. Entre tartamudeos y de forma apenas perceptible dijo:

—¡Tiene muy poco tocino!

Entonces la reina, inconsolable, se arrojó a sus pies:

—¡Oh, mi pobre, desgraciado y real esposo! ¡Cuán grande ha sido el dolor que habéis tenido que soportar! ¡Pero ved aquí a vuestros pies a la culpable, castigadla, castigadla con dureza! ¡Ay! Ha sido doña Ratonilda con sus siete hijos, sus compadres y comadres, quienes se han comido el tocino... y...

En ese momento la reina cayó de espaldas, sin sentido. El rey se levantó de un brinco y lleno de furia gritó:

—¡Camarera mayor! ¿Cómo ocurrió?

La camarera mayor contó todo lo que sabía y el rey decidió vengarse de doña Ratonilda y de su familia, que se habían comido todo el tocino de los embutidos. Mandó llamar al consejero privado del Estado y decidieron instruir un proceso contra doña Ratonilda y confiscarle todos sus bienes. Mas, como el rey opinara que mientras tanto podría seguir comiéndose todo el tocino, encargaron de todo el asunto al arcanista[7] y relojero de la corte. Este hombre, que se llamaba igual que yo, es decir, Christian Elias Drosselmeier, prometió expulsar para siempre del palacio, por medio de una inteligente argucia, a doña Ratonilda y su familia. Y, en efecto, inventó unas pequeñas máquinas muy artísticas, en las que se introdujo tocino frito sujeto por un hilillo,

---

7 Es aquel que conoce todos los secretos y misterios.

que Drosselmeier colocó alrededor de la vivienda de la señora Comedora de Tocino. Doña Ratonilda era demasiado sabia para no darse cuenta de la trampa de Drosselmeier, pero todas sus advertencias, todas sus amonestaciones no sirvieron de nada: atraídos por el dulce olor del tocino frito, sus siete hijos y muchos, muchos de los compadres y comadres de doña Ratonilda se introdujeron en las máquinas de Drosselmeier y, cuando iban a coger el tocino, eran apresados por una reja que caía de repente en la entrada y luego ejecutados vergonzosamente en la misma cocina. Doña Ratonilda abandonó con la poca gente que le quedaba el lugar del horror. Su pecho estaba lleno de odio, desesperación y venganza. La corte festejó el resultado, pero la reina quedó muy preocupada, porque conocía el carácter de doña Ratonilda y sabía que no dejaría sin venganza la muerte de sus hijos y parientes. Y, en efecto, doña Ratonilda se presentó en el momento en que la reina estaba preparando para su real esposo un paté de bofes que le gustaba mucho y dijo:

—Mis hijos, mis compadres y comadres han sido asesinados. Ten mucho cuidado, majestad, porque la reina de los ratones puede destrozar a tu hija a mordiscos. ¡Ten mucho cuidado!

Dicho esto desapareció y no volvió a dejarse ver nunca más. La reina estaba tan asustada que el paté de bofes que estaba preparando se le cayó al suelo, con lo que doña Ratonilda echó a perder por segunda vez uno de los platos predilectos del rey. Este se puso furioso.

—Bueno, ya está bien por esta noche, pronto te contaré el resto.

Marie, que había estado inmersa en sus propios pensamientos, rogó al padrino Drosselmeier que continuara su narración. Él no se dejó convencer. Levantándose de un salto, dijo:

—No es bueno demasiado de una vez. Mañana el resto.

Estaba a punto de salir por la puerta cuando Fritz preguntó:

—Dime, padrino Drosselmeier. ¿Es verdad que inventaste la ratonera?

—¿Cómo se pueden hacer preguntas tan tontas? —exclamó la madre.

Pero el consejero jurídico sonrió de forma extraña y dijo en voz baja:

—¿No soy un buen relojero? ¿No seré capaz siquiera de inventar ratoneras?

Continuación del cuento de la nuez dura

—Así pues, niños —continuó el consejero jurídico superior Drosselmeier al atardecer del día siguiente—, ya sabéis por qué la reina hacía vigilar con tanta atención a la bellísima princesita Pirlipat. ¿Cómo no iba a temer que doña Ratonilda volviese para cumplir su amenaza y matar a la pequeña princesa? Las máquinas de Drosselmeier no eran eficaces contra la agudeza y el ingenio de doña Ratonilda y únicamente el astrónomo de la corte, que era a la vez el intérprete privado de los signos divinos y de las estrellas, decía saber que la familia del gato Ronrón estaría en condiciones de mantener a doña Ratonilda apartada de la cuna.

Así pues, sucedió que cada una de las cuidadoras recibió a uno de los hijos de esa familia, quienes, por cierto, estaban empleados en la corte como consejeros delegados privados. Tenían que mantenerlos en el regazo y, mediante hábiles caricias, hacerles más dulce su duro servicio al Estado. Pero una vez, siendo ya medianoche, una de las dos cuidadoras jefas privadas que estaban sentadas junto a la cuna despertó sobresaltada, como de un sueño profundo.

Todos estaban dominados por el sueño; no se oía un solo ronroneo, y en medio de un profundo silencio de muerte podía percibirse hasta el roer de la carcoma. Pero la cuidadora jefa privada tuvo la sensación de que muy cerca de ella había un enorme y horrible ratón que, levantándose sobre sus patas traseras, había apoyado su funesta cabeza sobre el rostro de la princesa. Se levantó de un salto con un grito de horror. Todos despertaron. Pero en ese momento doña Ratonilda (pues no era otro el gran ratón que se hallaba junto a la cuna de Pirlipat) corrió veloz hacia un rincón de la habitación. Los consejeros delegados se lanzaron tras ella: demasiado tarde. Había desaparecido a través de una rendija del suelo de la habitación. El ruido despertó a Pirlipatilla, que comenzó a llorar quejumbrosamente.

—¡Gracias al cielo! —exclamaron las cuidadoras—. ¡Vive!

Mas cuál no sería su horror al mirar a Pirlipatilla y descubrir en qué se había convertido la bella y hermosa niña. En lugar de su cabecita de ángel de rizos rojos y oro había una gruesa cabeza informe sobre un cuerpo pequeñísimo y encogido. Sus ojitos azules se habían transformado en unos ojos verdes, saltones, de mirada fija, y su boquita se había estirado de una oreja a otra. La reina lloraba y se lamentaba, deseando morir, y hubo que cubrir con tapices guateados el gabinete de estudio del rey, porque este se golpeaba una y otra vez con la cabeza contra las paredes a la vez que gritaba con voz dolorida:

—¡Ay de mí, infeliz monarca!

Habría podido darse cuenta entonces de que hubiera sido mejor comerse las salchichas sin tocino y dejar a doña Ratonilda y su estirpe en paz bajo el fogón. Pero el real padre de Pirlipat no pensó en ello, sino que culpó de todo lo ocurrido al arcanista y relojero de la corte, Christian Elias Drosselmeier de Nuremberg. Por ello dio la siguiente y sabia orden: en el plazo de cuatro semanas Drosselmeier debía devolver a la princesa Pirlipat a su estado original o, al menos, encontrar un remedio determinado, no falaz, para conseguirlo. De lo contrario, moriría de muerte vergonzosa bajo el hacha del verdugo.

Drosselmeier se asustó bastante, pero pronto confió en su arte y su fortuna y se dispuso al momento a llevar a cabo la primera operación que le pareció provechosa. Con gran habilidad desmontó a la princesa Pirlipat, desenroscó sus manitas y piececitos y observó la estructura interna. Pero descubrió que, a medida que fuera creciendo la princesa, se haría todavía más deforme, y no sabía qué partido tomar ni cómo solucionarlo. Volvió a reconstruir cuidadosamente a la princesita y se dejó caer, acongojado, junto a su cuna, que no podía abandonar. Ya había llegado la cuarta semana —era ya miércoles— cuando el rey se asomó con ojos chispeantes de furia y, blandiendo amenazadoramente el cetro, gritó:

—¡Christian Elias Drosselmeier, cura a la princesa o morirás!

Drosselmeier comenzó a llorar amargamente, mientras la princesita Pirlipat estaba, satisfecha, cascando nueces. Fue entonces cuando, por primera vez, le llamó la atención al arcanista el incansable afán de comer nueces de la princesa Pirlipat y la circunstancia de que naciera ya con dientes. De hecho, tras su transformación, estuvo gritando sin parar hasta que, por azar, vio una nuez y la abrió al momento. Al comer el fruto se calmó. Desde aquel momento sus niñeras no encontraron nada más adecuado que darle nueces.

—¡Oh, sagrado instinto de la naturaleza, que eternamente sientes inescrutable compasión por todos los seres! —exclamó Christian Elias Drosselmeier—. Tú me muestras la puerta del misterio a la que he de llamar, y la puerta se abrirá.

De inmediato solicitó permiso para hablar con el astrónomo de la corte. Fue conducido a él bajo vigilancia. Ambos hombres se abrazaron entre lágrimas, pues eran entrañables amigos, se retiraron luego a un gabinete secreto y comenzaron a consultar infinidad de libros que hablaban de los instintos, las simpatías, las antipatías y otras misteriosas cuestiones. Llegó la noche. El astrónomo de la corte estudió las estrellas y, con ayuda de Drosselmeier, también gran experto en ello, estableció el horóscopo de la princesa Pirlipat. Tras un gran esfuerzo, pues las líneas se iban haciendo cada vez más confusas, al fin —¡qué gran alegría— pudieron ver claramente que lo único que tenía que hacer la princesa Pirlipat para librarse del hechizo que la afeaba y recuperar su belleza anterior era comer el dulce fruto de la nuez Krakatuk.

La nuez Krakatuk tenía una cáscara tan dura que hasta un cañón de cuarenta y ocho libras podía pasar por encima de ella sin romperla. Y tendría que ser un hombre que nunca se hubiese afeitado y que jamás se hubiese puesto botas quien, ante la princesa, abriera con sus dientes la nuez y se la entregara con los ojos cerrados. El joven no podría abrir los ojos hasta retroceder siete pasos sin dar ningún traspiés. Drosselmeier estuvo trabajando ininterrumpidamente con el astrónomo durante tres días y tres noches. El sábado a mediodía estaba el rey sentado a la mesa comiendo cuando Drosselmeier, que iba a ser decapitado el domingo de madrugada, entró alborozado y feliz y anunció el remedio hallado para devolver a la princesa Pirlipat la belleza perdida. El rey se abrazó a él con intenso afecto y le prometió una espada de diamantes, cuatro condecoraciones y dos nuevas levitas de domingo.

—Nada más acabar la comida —añadió con amabilidad—, se emprenderá la labor. Ocupaos vos, estimado arcanista, de que el joven sin afeitar esté dispuesto con sus zapatos, como corresponde, y no le permitáis beber antes ni una gota de vino, para que no tropiece al retroceder, como un cangrejo, los siete pasos, pues después podrá beber hasta la saciedad.

Estas palabras del rey consternaron a Drosselmeier, quien, entre temblores y vacilaciones, tartamudeando, consiguió decir que era cierto que se había descubierto el remedio, pero ahora había que buscar ambas cosas, la nuez Krakatuk y el joven que tenía que abrirla. Y era dudoso que alguna vez pudieran encontrarse tanto la nuez como el cascanueces. El rey, enfurecido, levantó el cetro por encima de su cabeza coronada y exclamó con voz de trueno:

—¡Bueno, pues se mantiene la decapitación!

Fue una suerte para Drosselmeier, hundido en la angustia y la miseria, que ese mismo día la comida le gustara muchísimo al rey; estaba de buen humor y accedió a los razonables y numerosos argumentos que presentó la bondadosa reina, conmovida por el destino de Drosselmeier. Finalmente Drosselmeier, haciendo acopio de todo su valor, expuso que en realidad él había cumplido con su obligación: había descubierto el remedio para sanar a la princesa y, por tanto, había rescatado su vida. El rey afirmó que eso eran solo tontas excusas y palabrería vana, pero al fin, tras tomarse un vasito de licor estomacal, decidió que el relojero y el astrónomo se dispusieran a partir y que no volvieran sin la nuez Krakatuk en el bolsillo. Y, tal como había propuesto la reina, al hombre que había de abrirla lo buscarían por medio de anuncios publicados varias veces en los periódicos y revistas intelectuales del país y del extranjero.

El consejero jurídico superior interrumpió aquí de nuevo su narración y prometió relatar el resto al día siguiente.

Al atardecer del día siguiente, nada más encenderse las luces, llegó, efectivamente, el padrino Drosselmeier y continuó así:

Drosselmeier y el astrónomo de la corte llevaban ya quince años de camino sin haber encontrado señal alguna de la nuez Krakatuk. Estuvieron en tantos lugares y les ocurrieron tantas cosas extraordinarias que podría estar cuatro semanas enteras contándooslo; pero no lo haré. Simplemente os diré que al final Drosselmeier, profundamente apesadumbrado, llegó a sentir una enorme añoranza de Nuremberg, su querida ciudad natal, especialmente en cierta ocasión en que se encontraba con su amigo en un gran bosque de Asia, mientras se fumaba una pipa de tabaco.

—¡Oh, mi bella ciudad de Nuremberg, hermosa ciudad! Quien aún no te ha visto, por mucho que haya viajado a Londres, París y Peterwardein,[8] no sabe lo que es esponjarse el corazón, y te deseará eternamente a ti, a ti, oh, Nuremberg, hermosa ciudad con sus hermosas casas con ventanas.

El astrónomo, al oír los tristes lamentos de Drosselmeier, sintió gran compasión y comenzó a llorar tan melancólicamente que pudo oírse en toda Asia. Pero luego se dominó y, secando las lágrimas de sus ojos, preguntó:

---

8   Se trata de la actual Petrovaradin, ciudad de Serbia, junto al Danubio, frente a Novi Sad. Según la leyenda, esta ciudad debería su nombre a Pedro el Ermitaño, quien hubo de reunir allí la primera cruzada. En ella venció el príncipe Eugenio a los turcos en 1716.

—Pero, estimado colega, ¿por qué estamos aquí llorando? ¿Por qué no vamos a Nuremberg? ¿Acaso no da absolutamente igual dónde y cómo busquemos a Krakatuk, la nuez fatal?

—Eso es cierto —respondió Drosselmeier consolándose.

Al momento se levantaron ambos, vaciaron sus pipas y comenzaron a caminar, saliendo del bosque en el centro de Asia en línea recta hacia Nuremberg. Nada más llegar allí, Drosselmeier se dirigió rápidamente a casa de su primo Christoph Zacharias Drosselmeier, artesano fabricante de muñecas, lacador y dorador, a quien el relojero llevaba muchos años sin ver. Le contó toda la historia de la princesa Pirlipat, doña Ratonilda y la nuez Krakatuk. Aquel, juntando una y otra vez las manos y lleno de asombro, repetía:

—¡Ay, primo, primo, qué cosas más extraordinarias!

Drosselmeier continuó narrando las aventuras de su largo viaje: cómo había pasado dos años en el palacio del rey Dátil y cómo el príncipe Almendra le había rechazado con desdén; cómo había estado preguntando en vano en la Sociedad de Investigación de la Naturaleza de Villardilla; en pocas palabras, cómo le había sido imposible en todas partes encontrar el más mínimo rastro de la nuez Krakatuk. Mientras su primo llevaba a cabo su relato, Christoph Zacharias chascó varias veces los dedos, giró sobre un solo pie, chasqueó la lengua y exclamó: «¡Hum!, ¡hum!, ¡ay!, ¡oh!, ¡sería el diablo!».

Al fin, lanzó la gorra y la peluca al aire, abrazó con fuerza a su primo y gritó:

—¡Primo, primo! ¡Estáis salvados, salvados! ¡Os lo digo, estáis salvados, pues, o mucho me equivoco, o yo mismo estoy en posesión de la nuez Krakatuk!

Acto seguido sacó una caja de la que extrajo una nuez dorada de mediano tamaño.

—Mirad —dijo mientras mostraba la nuez a su primo—, con esta nuez ocurrió lo siguiente: hace muchos años llegó por Navidades un forastero con un saco de nueces y lo puso a la venta. Tuvo una pelea con el vendedor de nueces del lugar, que le agredió por no poder soportar que el forastero vendiera nueces y, para defenderse mejor, dejó el saco justo delante de mi puesto de muñecas. En ese momento pasó por encima del saco un carricoche que llevaba una pesada carga; se rompieron todas las nueces menos una, y el desconocido, con una extraña sonrisa, me la ofreció a cambio de una brillante moneda de veinte del año 1720. Me pareció asombroso, pues precisamente encontré en mi bolsillo una de esas monedas y, como el desconocido la quería, compré la nuez y la bañé en oro, sin saber por qué había pagado tanto por ella y por qué le concedí después tanto valor.

No cupo ninguna duda de que se trataba de la tan buscada nuez, pues, al llamar al astrónomo de la corte, este la raspó con todo esmero y en la cáscara apareció la palabra Krakatuk grabada en caracteres chinos. La alegría de los viajeros fue enorme, y el primo se convirtió en el hombre más feliz bajo el sol cuando Drosselmeier le aseguró que había labrado su buena fortuna, pues, aparte de una respetable pensión, obtendría gratis todo el oro que necesitara como dorador. El arcanista y el astrónomo se pusieron sus gorras de dormir y ya iban a irse a la cama cuando el último, es decir, el astrónomo, comenzó a hablar así:

—Estimado colega, la suerte nunca viene sola. ¡Créame, no solo hemos encontrado la nuez Krakatuk, sino también al joven que ha de abrirla y ofrecer la nuez de la belleza a la princesa! Me refiero al hijo de vuestro señor primo. ¡No, no voy a dormir —continuó entusiasmado—, sino que esta misma noche voy a establecer el horóscopo del joven!

Y, diciendo esto, se quitó el gorro de dormir de un golpe y comenzó al momento su estudio.

En efecto, el hijo del primo era un simpático y agradable muchacho que aún no se había afeitado y que jamás había llevado botas. Es cierto que, cuando era muy joven, había hecho de payaso durante un par de Navidades, pero ya no se le notaba en absoluto, gracias a los esfuerzos que su padre había dedicado a su formación. Durante los días de Navidad llevaba una bella chaqueta roja con sobredorados, una espada, sombrero y un exquisito peinado con redecilla. Así vestido, radiante, se colocaba en el puesto de su padre y, con una galantería innata en él, abría a las muchachas las nueces, por lo que estas le llamaban el Pequeño Cascanueces.

A la mañana siguiente el astrónomo se arrojó entusiasmado al cuello del arcanista y exclamó:

—¡Es él! ¡Lo tenemos! ¡Lo hemos encontrado! Pero hay dos cosas, querido colega, que no podemos olvidar. En primer lugar es necesario que usted haga una robusta trenza de madera para su excelente sobrino, colocada de forma que con ella se pueda tirar con gran fuerza de la mandíbula inferior; y después, cuando lleguemos a la residencia real, hemos de mantener en absoluto secreto que hemos hallado también al joven que abrirá la nuez. Es mucho mejor que se presente después de nosotros. He leído en el horóscopo que, si hay primero unos cuantos que se rompan los dientes sin obtener ningún éxito, el rey concederá la mano de la princesa y la sucesión en el trono al que abra la nuez y devuelva a su hija la belleza perdida.

Al artesano de muñecas le satisfacía extraordinariamente que su hijito se casara con la princesa y se convirtiera en príncipe y rey, y por ello lo dejó enteramente en manos de los enviados. La trenza que Drosselmeier colocó al esperanzado sobrino resultó excelente y con ella consiguió magníficos resultados al abrir los más duros huesos de melocotón.

Drosselmeier y el astrónomo informaron de inmediato a palacio del hallazgo de la nuez Krakatuk, de modo que al punto se dieron las órdenes necesarias. Cuando los viajeros llegaron con el remedio para la belleza de la princesa, ya se había reunido allí gran cantidad de hermosos personajes, entre los que había incluso algunos príncipes, que, confiando en su sana dentadura, querían intentar romper el encantamiento. El asombro de los emisarios al volver a ver a la princesa fue

enorme. Su cuerpo, pequeñísimo, con las diminutas manitas y piececillos, parecía incapaz de soportar su deforme cabeza. La fealdad de su rostro aumentaba por la presencia de una barba blanca de algodón que le había crecido alrededor de la boca y la barbilla. Todo sucedió tal y como el astrónomo de la corte había leído en el horóscopo. Un barbilampiño tras otro, con zapatos, intentaron abrir la nuez Krakatuk, rompiéndose los dientes y la mandíbula sin ayudar lo más mínimo a la princesa. Y todos exclamaban desfallecidos, al ser retirados por los dentistas a tal fin convocados:

—¡Esa sí que es una nuez dura!

Y cuando el rey, con el corazón angustiado, prometió al que acabara con el encantamiento concederle la mano de su hija y su reino, se presentó el dulce y delicado joven Drosselmeier pidiendo permiso para intentarlo. Ninguno le había gustado a la princesa Pirlipat tanto como el joven Drosselmeier. Llevándose las manos al corazón, suspiró ardientemente:

—¡Ojalá fuera él quien abriese la nuez Krakatuk y se convirtiera en mi esposo!

El joven Drosselmeier saludó cortésmente al rey y a la reina y luego a la princesa Pirlipat. Recibió de manos del maestro de ceremonias la nuez Krakatuk; sin más, se la colocó entre los dientes, tiró con fuerza de la trenza y, ¡crac-crac!, la cáscara se rompió en mil pedazos. Con gran habilidad limpió el fruto de las fibras que quedaron pegadas y con una humilde reverencia se lo ofreció a la princesa, tras lo cual cerró los ojos y comenzó a caminar hacia atrás. La princesa tragó de inmediato el fruto y, ¡oh, maravilla!, desapareció su figura deforme y en su lugar apareció una angelical figura femenina de ojos azules, con un rostro de seda blanco como los lirios y rojo como las rosas, y unos hermosos rizos ensortijados como hilos de oro. Tambores y trompetas se unieron al alborozado júbilo del pueblo. El rey y toda la corte bailaban sobre una pierna, igual que el día del nacimiento de Pirlipat, y la reina se desmayó de alegría y gozo, de modo que tuvieron que atenderla con *eau de Cologne.* Todo este tumulto desconcertó sobremanera al joven Drosselmeier, quien aún tenía que acabar de dar sus siete pasos; sin embargo, logró dominarse. Estaba estirando el pie derecho para completar el séptimo paso cuando, de repente, con un desagradable chillido, surgió del suelo doña Ratonilda; al apoyar el joven Drosselmeier el pie en el suelo, la pisó y se tambaleó de tal forma que estuvo a punto de caer. ¡Oh, infortunio! Al momento el joven adquirió la misma deformidad que antes tuviera la princesa Pirlipat. Se le había encogido todo el cuerpo y apenas podía soportar la enorme e informe cabeza con sus ojos grandes y saltones y la gigantesca boca, que bostezaba de forma horrible. Por la espalda, en lugar de la trenza, le caía un estrecho abrigo de madera con el que accionaba la mandíbula inferior.

El relojero y el astrónomo, enloquecidos de horror, vieron cómo doña Ratonilda se retorcía sangrando en el suelo. Su maldad no había quedado sin venganza, pues el joven Drosselmeier la había pisado con la punta del tacón en el cuello con tanta fuerza que la herida resultó mortal. En su agonía Ratonilda chillaba lastimera:

> *¡Oh, Krakatuk, oh, nuez dura,*
> *por la cual he de morir!*
> *Tú también morirás pronto,*
> *Cascanueces infeliz.*
> *Mi hijo, el de siete coronas,*
> *de ratones adalid,*
> *le dará su merecido*
> *al Cascanueces, ¡hi, hi!,*
> *y vengará, Cascanueces*
> *pequeño, mi muerte en ti.*
> *¡Oh, vida joven y bella,*
> *ya me despido de ti!*
> *¡Ay, muerte, hi, hi, hi, hi!*

Con este último grito murió doña Ratonilda y al punto la retiraron los caldereros reales.

Nadie se había preocupado por el joven Drosselmeier, mas la princesa recordó al rey su promesa y ordenó al punto que trajeran al joven héroe. Mas cuando se presentó el desgraciado con su deformidad, la princesa se tapó la cara con ambas manos y gritó:

—¡Fuera, llevaos a ese repugnante cascanueces!

Al momento, el mariscal de la corte lo cogió por los hombros y lo echó fuera de allí. El rey, furioso porque habían querido forzarle a aceptar un cascanueces como yerno, achacó toda la culpa a la torpeza del relojero y del astrónomo y expulsó a ambos por toda la eternidad de la corte. Pero, como nada de esto había aparecido en el horóscopo que estableciera el astrónomo en Nuremberg, él no dejó de hacer nuevas observaciones y afirmó que leía en las estrellas que el joven Drosselmeier estaría tan bien en su nueva situación que, a pesar de su deformidad, sería príncipe y rey.

Su deformidad solo desaparecería después de matar con sus propias manos al hijo con siete cabezas que doña Ratonilda había tenido tras la muerte de sus siete hijos, quien se habría convertido en rey de los ratones. Afirmó que una dama lo amaba a pesar de su deformidad. Y dicen que, en verdad, el joven Drosselmeier ha sido visto en Navidades en Nuremberg, en la tienda de su padre. ¡Como cascanueces, es cierto, pero también como príncipe!

—Y este es, niños, el cuento de la nuez dura y ahora ya sabéis por qué la gente dice a menudo: «Esa sí que es una nuez dura» y también a qué se debe que los Cascanueces sean tan feos.

Así acabó la narración del consejero jurídico superior. Marie opinó que la princesa Pirlipat era una muchacha abominable e ingrata. Por el contrario, Fritz aseguró que si el cascanueces quería convertirse en un bravo muchacho no debería tener tantas contemplaciones con el rey de los ratones y que pronto recuperaría su bella estampa anterior.

Si alguno de mis honorables lectores ha vivido alguna vez la experiencia de cortarse con un cristal, sabrá por sí mismo cuánto duele y cuánto tarda en sanar. Marie tuvo que guardar cama casi una semana entera, pues se mareaba nada más incorporarse. Pero al fin sanó por completo y pudo volver a jugar feliz, como siempre, en la habitación. El armario de cristal estaba precioso, pues había nuevos árboles, casas y bonitas y relucientes muñecas. Ante todo, Marie encontró de nuevo a su querido Cascanueces, que, de pie en el segundo anaquel, le sonreía con todos sus dientecillos sanos. Y Marie, al mirar a su preferido con el corazón alegre, sintió una repentina angustia en el corazón por lo que les había contado el padrino Drosselmeier, la historia del Cascanueces y de su enfrentamiento con doña Ratonilda y su hijo. Supo entonces que su Cascanueces solo podía ser el joven Drosselmeier de Nuremberg, el amable sobrino del padrino Drosselmeier, desgraciadamente embrujado por doña Ratonilda, pues Marie, durante la narración, no dudó un solo instante de que el artesano relojero de la corte del padre de Pirlipat fuera otro que el propio consejero jurídico superior Drosselmeier.

«¿Pero por qué no te ayudó tu tío, por qué no te ayudó?», se lamentaba Marie, cuando comprendió con claridad que en la batalla que había presenciado estaban en juego el reino y la corona del Cascanueces. ¿Acaso no estaban todas las demás muñecas subordinadas a él? La inteligente Marie, al sopesar todas estas cosas en su mente, creyó que el Cascanueces y sus vasallos tenían vida y movimiento precisamente en el instante en que ella les concedía esa posibilidad. Pero no fue así, todo en el armario permanecía inmóvil y rígido y Marie, muy lejos de renunciar a su convicción interna, lo achacó a que seguía actuando el hechizo de doña Ratonilda y su hijo de las siete cabezas. Y dijo en voz alta a su Cascanueces:

—Sin embargo, querido señor Drosselmeier, aunque no esté usted en condiciones de moverse o dirigirme la palabra, sé que me entiende y conoce el aprecio que le tengo. Cuente usted con mi apoyo siempre que lo necesite. Al menos rogaré a su tío que, con su habilidad característica, le ayude cuando sea necesario.

El Cascanueces permaneció quieto y en silencio, pero a Marie le pareció sentir en el armario de cristal un suave suspiro, que de forma apenas perceptible pero hermosísima hizo resonar los cristales del armario, como si una voz suave y argentina cantara:

—Pequeña Marie, mi ángel de la guarda, seré tuyo, querida Marie.

Marie sintió un frío estremecimiento, acompañado, sin embargo, de un extraño bienestar. Comenzaba a anochecer y el consejero médico entró con el padrino Drosselmeier. Poco después Luise había preparado ya la mesa del té y toda la familia estaba sentada alrededor, narrando todo tipo de alegres historias. Marie acercó en silencio su pequeña butaquita y se sentó a los pies del padrino Drosselmeier. En un momento en que todos

estaban callados, Marie miró fijamente con sus grandes ojos azules al consejero jurídico superior y dijo:

—Ahora sé, querido padrino Drosselmeier, que mi Cascanueces es tu sobrino, el joven Drosselmeier de Nuremberg; se ha convertido en príncipe, mejor dicho, en rey. Se ha cumplido exactamente lo que tu acompañante, el astrónomo de la corte, predijo. Pero bien sabes que ha declarado la guerra al hijo de doña Ratonilda, el horrible rey de los ratones. ¿Por qué no le ayudas?

Marie empezó a contar de nuevo la batalla que había presenciado. Las carcajadas de Luise y de su madre interrumpían a menudo su narración. Solo Fritz y Drosselmeier permanecieron serios.

—¿De dónde saca esta niña cosas tan absurdas? —dijo el consejero médico—. ¿Cómo llegan a su cabeza?

La madre respondió:

—¡Ay, tiene una enorme fantasía! En realidad, no son más que sueños provocados por la altísima fiebre que ha tenido.

—Nada de eso es cierto —interrumpió Fritz—. Mis húsares rojos no son tan ineficaces, *potz bassa manelka*, si no, ¿cómo iba yo a mezclarme con ellos?

Pero el padrino Drosselmeier, con una extraña sonrisa, tomó a la pequeña Marie en su regazo y dijo con más dulzura que nunca:

—¡Ay, querida Marie, a ti se te ha concedido mucho más que a mí y que a todos nosotros! Tú, como Pirlipat, eres princesa de nacimiento, pues gobiernas en un hermoso y brillante reino. Pero, si quieres aceptar al pobre y deforme Cascanueces, has de sufrir aún mucho, puesto que el rey de los ratones le persigue por todas las veredas y caminos. Pero no soy yo quien puede salvarle. Solo tú, tú eres la única que puede hacerlo. Sé constante y fiel.

Ni Marie ni nadie supo qué quería decir Drosselmeier con aquello.[9] Incluso al consejero médico le pareció tan extraño que cogió la mano del consejero jurídico, le tomó el pulso y dijo:

—Queridísimo amigo, usted sufre una fuerte congestión en la cabeza, le voy a recetar algo.

Únicamente la señora del consejero médico sacudió pensativa la cabeza y dijo en voz baja:

—Creo sospechar a qué se refiere el consejero jurídico superior, pero no puedo decirlo con claridad.

La victoria

Poco más tarde, en una noche de luna clara, unos extraños golpes, que parecían provenir de un rincón de la habitación, despertaron a Marie. Parecía como si lanzaran piedrecitas de una pared a otra y, entre medias, se oían pitidos y chillidos repugnantes. Marie gritó angustiada:

—¡Ay, los ratones, vuelven los ratones!

Intentó despertar a su madre, pero fue incapaz de pronunciar un sonido, ni siquiera de mover un solo miembro, al ver al rey de los ratones que salía con gran esfuerzo por un agujero de la pared,

---

9   Existe aquí un paralelismo entre Drosselmeier y Johannes Kreisler, el personaje y *alter ego* de Hoffmann. El «hermoso y brillante reino» es el mundo de la infancia y de la poesía, que tanta importancia tenía para Hoffmann. La misma idea la encontramos en «El niño desconocido», cuando el señor Brakel muestra tanta comprensión por el mundo de la infancia.

hasta que al fin comenzó a dar vueltas con sus ojos chispeantes y sus coronas por la habitación. Luego, de un salto enorme, se colocó sobre la mesilla que se encontraba junto a la cama de Marie.

—Hi, hi, hi, tienes que darme tus caramelos, tus figuritas de mazapán, pequeñaja; si no, rompo a mordiscos a tu Cascanueces, a tu Cascanueces.

Así silbaba el rey de los ratones, haciendo chirriar los dientes de forma repelente. Dicho esto, de un gran salto volvió a desaparecer por el agujero de la pared. Marie, aterrorizada por la horrible aparición, amaneció a la mañana siguiente pálida y tan excitada que apenas era capaz de pronunciar palabra. Cien veces pensó en contárselo a su madre o a Luise, o al menos a Fritz, pero se decía: «¿Habrá alguno que me crea? ¿No van a reírse de mí?».

Tenía claro, sin embargo, que para salvar a su Cascanueces no le quedaba otro remedio que entregar a cambio sus caramelos y sus figuritas de mazapán. La noche siguiente colocó todos los que tenía junto al listón del armario. A la mañana siguiente la señora del consejero médico le dijo:

—¡No sé de dónde salen ahora tantos ratones en nuestro cuarto de estar! ¡Mira, pobre Marie! Se han comido todos tus dulces.

Y así era, en efecto. El voraz rey de los ratones no había encontrado de su gusto el mazapán relleno, pero lo había roído con sus afilados dientes de tal forma que hubo que tirarlo íntegramente. A Marie ya no le importaban nada sus golosinas, sino que, en su interior, estaba inmensamente alegre porque creía haber salvado así a su Cascanueces. ¡Cómo se sintió cuando en la noche siguiente oyó chillidos muy cerca de sus oídos! ¡Ay! El rey de los ratones estaba otra vez allí, y sus ojos chispeaban aún más repugnantemente y el silbido que escapaba por entre sus dientes era aún más repulsivo que la noche anterior.

—Pequeñaja, como no me des tus muñecos de azúcar y de tragacanto, destruiré a tu Cascanueces, a tu Cascanueces.

Y, diciendo esto, el repelente rey de los ratones desapareció de nuevo.

Marie estaba muy afligida. A la mañana siguiente se dirigió al armario y contempló con tristeza sus muñequitos de azúcar y de tragacanto. Y su dolor era justo, mi atenta oyente Marie, pues no puedes imaginarte lo maravillosas que eran las figuritas de azúcar y tragacanto que Marie Stahlbaum poseía. Además de poseer un bello pastor con su pastora, que apacentaban todo un rebaño de blancas ovejas con un alegre perrito que por allí correteaba, había dos carteros con cartas en la mano y cuatro bellísimas parejas de muchachos bien vestidos, con chicas extraordinariamente lindas, que se mecían en un columpio ruso. Además de unos cuantos bailarines estaban también el hacendado Feldkümmel[10] con la doncella de Orleáns,[11] que no le importaban mucho a Marie, pero en el rincón había un niñito de rojos carrillos, su predilecto, y las lágrimas comenzaron a brotar de sus ojos.

---

10 Es el personaje principal de la obra de Kotzebue *El hacendado Feldkümmel de Tippelskirchen* (1811).

11 Se refiere a Juana de Arco. Con el título de *La doncella de Orleáns* existen un drama de Antonio de Zamora (1660-1728); un poema cómico-heroico (*La pucelle d'Orleáns*) de Voltaire; y una tragedia (*Jungfrau von Orleáns*) de Schiller.

—¡Ay, querido señor Drosselmeier! —exclamó, dirigiéndose al Cascanueces—. No hay nada que deje de hacer por salvarle a usted. ¡Pero es muy duro!

El gesto del Cascanueces era tan lastimero que Marie, que además tuvo en aquel momento la visión de las siete fauces del rey de los ratones abiertas para devorar al infeliz joven, decidió sacrificarlo todo.

Así pues, por la noche colocó todos sus muñequitos de caramelo junto al listón del armario. Besó al pastor, a la pastora, a las ovejitas y por último sacó también a su predilecto del rincón, el niñito de sonrosadas mejillas de tragacanto, pero lo colocó detrás de todos. Al hacendado Feldkümmel y a la doncella de Orleáns les correspondió la primera fila.

—¡Esto es demasiado! —exclamó a la mañana siguiente la señora del consejero médico—. Tiene que haber un enorme y poderoso ratón en el armario de cristal, pues todas las muñequitas de caramelo de Marie están mordidas y roídas.

Marie no pudo aguantar las lágrimas; mas, a pesar de ello, pronto recuperó la sonrisa, pues pensó: «¿Qué importa, si el Cascanueces está a salvo?».

Por la tarde la madre contó al consejero médico el desastre que el ratón estaba organizando en el armario de cristal de los niños y este comentó:

—Es terrible que no podamos exterminar a ese funesto ratón que anda por el armario y que roe y destroza todas las confituras de Marie.

—¡Ajá! —interrumpió Fritz alegremente—. El panadero de abajo tiene un excelente consejero delegado de color gris; lo voy a subir. Acabará en seguida con la situación. Le cortará la cabeza, aunque sea la mismísima doña Ratonilda o su hijo, el rey de los ratones.

—Y además —comentó entre risas la señora del consejero médico—, saltará por todas las mesas y las sillas, tirando vasos y tazas y destrozando mil cosas más.

—¡Nada de eso! —respondió Fritz—. El consejero delegado del panadero es un tipo hábil; me gustaría poder caminar sobre la punta del tejado con tanta elegancia como él.

—Por lo que más queráis, no traigáis un gato por la noche —rogó Luise, que no podía soportarlos.

—En realidad —dijo el consejero médico—, Fritz tiene razón. También podemos colocar una ratonera. ¿No tenemos ninguna?

—A lo mejor nos la puede hacer el padrino; al fin y al cabo, él las ha inventado —gritó Fritz.

Todos se echaron a reír y, como la señora del consejero médico asegurase que en casa no había ninguna, el consejero jurídico superior anunció que él tenía varias. En efecto, al momento hizo traer de su casa una ratonera excelente. Fritz y Marie recordaron con toda vivacidad el cuento del padrino, el de la nuez dura. Y, mientras la cocinera freía el tocino, Marie empezó a temblar y tiritar. Dominada por el cuento y las maravillas que en él ocurrían, le dijo a su querida Dore:

—Ay, reina y señora, cuídese usted de doña Ratonilda y de su familia.

Fritz había desenvainado su sable y dijo:

—¡Sí, esos son los que deberían presentarse ahora! ¡Ya les iba yo a dar para el pelo!

Pero tanto debajo como encima del fogón todo permaneció en silencio y nada se movió. Y cuando el consejero jurídico superior ató el tocino a un fino hilo y colocó con sumo cuidado la ratonera junto al armario de cristal, Fritz exclamó:

—¡Ten cuidado, padrino Drosselmeier, no te vaya a jugar una mala pasada el rey de los ratones!

¡Ay! ¡Qué noche pasó la pobre Marie! Algo frío como el hielo recorrió su brazo, se colocó, áspero y repugnante, en su mejilla y comenzó a dar pequeños grititos y chillidos en su oído.

El repulsivo rey de los ratones estaba sobre sus hombros. Una espuma roja como la sangre brotaba de sus siete fauces abiertas. Haciendo chasquear y chirriar los dientes, comenzó a sisear en el oído de Marie, que se había quedado paralizada.

—Siseo, siseo, no entro en la casa, no voy al banquete, no me cazarán, siseo, dame tus libros ilustrados y todos tus vestidos, si no, no tendrás paz, perderás al pequeño Cascanueces, será roído, ¡hi hi, pi pi, quic quic!

Marie quedó angustiada y preocupada. A la mañana siguiente, cuando su madre entró, estaba pálida y descompuesta. Su madre dijo:

—Aún no ha caído ese malvado ratón en la trampa.

Y, creyendo que Marie estaba triste por la pérdida de sus dulces y que además tenía miedo al ratón, añadió:

—Pero estate tranquila, querida niña, que vamos a deshacernos de ese horrible ratón. Si las trampas no sirven de nada, Fritz traerá su consejero delegado gris.

En cuanto Marie se quedó sola en el cuarto de estar, se acercó sollozando al armario de cristal y habló así al Cascanueces:

—¡Ay, mi querido y buen señor Drosselmeier! ¿Qué es lo que yo, pobre e infeliz niña, puedo hacer por usted? Aunque le entregara a ese repulsivo rey de los ratones todos mis libros, incluso el bonito vestido nuevo que me ha traído el Niño Jesús para que lo roa, ¿no seguirá siempre exigiendo cada vez más, hasta que al final ya no tenga nada que entregarle y quiera roerme a mí misma en su lugar?

Así se lamentaba y se dolía la pequeña Marie cuando se dio cuenta de que el Cascanueces, desde aquella noche, tenía una gran mancha de sangre en el cuello. Desde el momento en que Marie supo que su Cascanueces era en realidad el joven señor Drosselmeier, sobrino del consejero jurídico superior, ya no le había vuelto a coger más en brazos, ni a besarle o abrazarle. Cierta timidez le impedía incluso tener excesivo contacto con él. Mas ahora lo cogió con gran cuidado del estante y comenzó a limpiar con su pañuelo la sangre del cuello. Cuál no sería su asombro al notar que el pequeño Cascanueces entraba en calor y comenzaba a moverse en sus manos. Con gran rapidez volvió a colocarlo en su estante y vio que su pequeña boca comenzaba a moverse. Con gran esfuerzo, susurró el pequeño Cascanueces:

—Ay, apreciada *demoiselle* Stahlbaum, querida amiga, yo os lo debo todo. No, no sacrifiquéis por mí ni un solo libro ilustrado ni vuestro vestido de Navidad. Conseguidme única-mente una espada, una espada, y del resto ya me ocuparé yo, aunque él...

El Cascanueces comenzó a perder la voz, y su mirada, que un momento antes, llena de vida, expresaba su profundo dolor, se volvió otra vez rígida y muerta. Marie no sintió el más mínimo miedo, sino que comenzó a saltar de alegría, pues al fin cono-cía un medio para salvar al Cascanueces sin tener que hacer más dolorosos sacrificios. ¿Pero dónde conseguir una espada para el pequeño?

Marie decidió pedir consejo a Fritz, y por la noche, cuando sus padres habían salido, estando solos en el cuarto de estar junto al armario de cristal, le contó todo lo que había ocu-rrido con el Cascanueces y el rey de los ratones y cómo ahora lo importante era salvar al Cascanueces. Nada preocupó tanto a Fritz como el que, según lo que Marie le había informado, sus húsares se hubiesen portado tan mal en la batalla. Volvió a preguntar con toda seriedad si de verdad había ocurrido así, y Marie le dio su palabra de honor. Entonces Fritz se fue rápi-damente al armario de cristal, soltó a sus húsares un discurso patético y luego, como símbolo de su egoísmo y cobardía, les fue quitando uno a uno la insignia de la gorra y, además, les prohibió tocar la marcha de guardia de los húsares durante todo un año. Una vez cumplido su deber, se volvió de nuevo a Marie y dijo:

—Por lo que al sable se refiere, yo puedo ayudar al Cascanueces, pues ayer mismo pasé a la reserva a un anciano coronel de los coraceros, quien, consecuentemente, ya no necesita su hermoso y afilado sable.

El mencionado coronel disfrutaba de la pensión que Fritz le había concedido en el último rincón de la tercera balda. Lo sacaron de allí, le quitaron su sable de plata, que, en efecto, era hermosísimo, y se lo colocaron al Cascanueces.

A la noche siguiente, Marie no podía dormir de puro miedo. A medianoche le pareció oír en el cuarto de estar incesantes murmullos, tintineos y crujidos. Y de repente comenzó: «¡quic!».

—¡El rey de los ratones! ¡El rey de los ratones! —gritó Marie.

Llena de horror, se levantó de la cama de un salto. Todo estaba en silencio; pero pronto oyó unos suaves, muy suaves, golpes en la puerta y se escuchó una fina voz:

—¡Excelentísima *demoiselle* Stahlbaum, abrid tranquila, traigo felices noticias!

Marie reconoció la voz del joven Drosselmeier, se echó la bata sobre los hombros y abrió volando la puerta. Fuera estaba el pequeño Cascanueces, con la espada ensangrentada en la mano derecha y una vela en la izquierda. En cuanto vio a Marie, se colocó rodilla en tierra y habló así:

—Vos, ¡oh, señora!, habéis sido la única que fortaleció mi ánimo con valor caballeresco y dio fuerza a mi brazo para enfrentarme al insolente que se atrevió a ofenderos. ¡Herido de muerte yace el traidor rey de los ratones, revolcándose en su sangre! ¡Señora! ¡No rehuséis aceptar el signo de la victoria de manos de vuestro caballero, fiel y sometido a vos hasta la muerte!

El Cascanueces se quitó las siete coronas de oro del rey de los ratones que llevaba colocadas en el brazo izquierdo y se las entregó a Marie, quien, llena de alegría, las aceptó. El Cascanueces se levantó y continuó:

—¡Ay, mi excelsa *demoiselle* Stahlbaum! ¡Cuántas cosas maravillosas podría enseñaros en este momento, una vez vencido mi enemigo, si fuerais tan benevolente de seguirme solo unos cuantos pasos! ¡Ah, hacedlo así, excelsa *demoiselle!*

El reino de las muñecas

Queridos niños, creo que ninguno de vosotros habría vacilado ni un segundo en seguir al honrado y bondadoso Cascanueces, quien nada malo podía tener en su pensamiento. Marie menos aún, pues sabía hasta qué punto podía reclamar el agradecimiento del Cascanueces y estaba convencida de que mantendría su palabra y le mostraría multitud de maravillas. Así pues, dijo:

—¡Voy con usted, señor Drosselmeier, pero que no sea muy lejos, pues no he dormido nada aún!

—Entonces —respondió el Cascanueces—, elegiré el camino más corto, aunque es algo más incómodo.

Comenzó a caminar. Marie le siguió hasta que se detuvo ante el enorme armario ropero del pasillo. Con gran asombro, Marie constató que sus puertas, siempre cerradas con llave, estaban ahora abiertas y dejaban ver claramente el abrigo de viaje, de piel de zorro, de su padre, que colgaba en primera fila. El Cascanueces trepó con gran habilidad por la moldura y los adornos hasta que pudo agarrar la gran borla que, sujeta de un grueso cordón, colgaba en la espalda del abrigo. Al tirar el Cascanueces de la borla, una preciosa escalerilla de madera de cedro se desenrolló a lo largo de la manga.

—¡Haced el favor de subir, querida *demoiselle*! —exclamó el Cascanueces.

Así lo hizo Marie. Apenas había alcanzado el alto de la manga y asomado por el cuello, cuando una luz cegó sus ojos. Súbitamente, se encontró en un prado de delicioso aroma en el que millones de pavesas centelleaban como pulidas piedras preciosas.

—Nos encontramos en el prado de caramelo —dijo el Cascanueces—, pero en un momento cruzaremos aquella gran puerta.

Marie levantó la vista y descubrió la bellísima puerta que se levantaba en el prado, unos pocos pasos delante de ella. Parecía estar construida de mármol veteado de blanco, marrón y color pasa, pero, al acercarse y cruzarla, se dio cuenta de que estaba hecha de almendras garrapiñadas y pasas, por lo que, como había asegurado el Cascanueces, se llamaba la puerta de las almendras y las pasas. Alguna gente vulgar la llamaba inadecuadamente «la puerta de la comida de estudiantes».

En una galería que partía de aquella puerta, aparentemente de azúcar de cebada, había seis monitos vestidos con juboncillos rojos, tocando la más bella música de jenízaros[12] turcos que se pueda oír, de forma que Marie apenas se dio cuenta de que seguía caminando por baldosas de mármol de colores, que en realidad no eran otra cosa que bonitos y artísticamente trabajados racimos de moras.

Pronto se sintió envuelta en los más dulces aromas, procedentes de un maravilloso bosquecillo que se abría a ambos lados. Por entre el oscuro follaje brotaban brillos y chispas tan luminosos que se podían ver con toda claridad los frutos dorados y plateados que pendían de tallos multicolores y los troncos y ramas, adornados con cintas y ramos de flores, como felices parejas nupciales y alegres invitados. Y, cuando los aromas a naranja se levantaban como un céfiro ondulante, se oía el murmullo de las hojas y las ramas, el oro embriagador crujía y crepitaba, y su sonido era como una música jubilosa a cuyo ritmo habían de saltar y bailar las centelleantes lucecillas.

—¡Ay! ¡Qué bonito es esto! —exclamó Marie, entusiasmada y feliz.

---

12 Tropa de infantería regular turca, empleada en los siglos xiv al xix. Creada por el sultán Orjan (1324-1359) e integrada por cristianos, raptados a sus familias, educados desde niños en el islamismo, la disciplina y el fanatismo. También en «La elección de novia» habla Hoffmann de los jenízaros.

—Estamos en el bosque de Navidad, estimada *demoiselle* —respondió el pequeño Cascanueces.

—¡Ay, si pudiera quedarme aquí un rato! —continuó Marie—. ¡Es todo tan hermoso!

El Cascanueces dio un par de palmadas con sus manitas. Al momento se acercaron pastorcillas y pastorcillos, cazadores y cazadoras (que Marie, a pesar de que llevaban un rato paseando por el bosque, hasta entonces no había visto), tan blancos y delicados que podría pensarse que eran de puro azúcar. Traían un maravilloso sillón dorado, sobre el que colocaron un blanco cojín de regaliz, y con toda cortesía invitaron a Marie a que se sentara en él. En cuanto lo hubo hecho, pastores y pastoras iniciaron un delicado baile acompañado por la música que, con gran corrección, tocaban los cazadores con sus cuernos. Luego desaparecieron todos entre los arbustos.

—Disculpad —dijo el Cascanueces—, estimadísima *demoiselle* Stahlbaum, que el baile haya resultado tan miserable, pero toda esa gente pertenecía a nuestro *ballet* de alambre y lo único que pueden hacer es repetir una y otra vez lo mismo. Y existen también sus motivos para que los cazadores tocaran tan adormilada y lánguidamente, pues, aunque el cesto de golosinas cuelga en el árbol de Navidad justo encima de vuestras narices, sigue estando demasiado alto. ¿Pero qué os parece si seguimos paseando un poco?

—¡Ay! ¡Todo ha sido tan hermoso y a mí me ha gustado tanto...! —manifestó Marie a la vez que se levantaba y seguía al Cascanueces.

Caminaron a lo largo de un susurrante arroyo que chapoteaba dulcemente y del que al parecer procedían todos los deliciosos aromas que llenaban el bosque.

—Es el arroyo de las naranjas —explicó el Cascanueces en respuesta a sus preguntas—, pero, exceptuando su excelente aroma, no se puede comparar en grandeza y belleza al río de la limonada, que, igual que este, desemboca en el lago de leche de almendras.

De hecho, Marie percibió pronto un chapoteo, un rumor más fuerte, y vio el ancho río de la limonada, que se deslizaba formando rizos con sus orgullosas olas color perla entre arbustos brillantes como un carbunclo de reflejos verdosos. Un frescor extraordinariamente agradable que fortalecía el corazón se levantaba en oleadas de aquella agua maravillosa. No lejos de allí se arrastraba con esfuerzo un agua amarilla oscura que, sin embargo, despedía un aroma increíblemente dulce, a cuya orilla se encontraban sentados multitud de hermosísimos niños pescando pequeños pececillos gordezuelos que se comían al momento. Al acercarse, Marie vio que los peces tenían aspecto de nueces. Junto al río, un poco más lejos, surgía un bello pueblecito; las casas, los graneros, la iglesia y la casa parroquial eran marrón oscuro, aunque adornados con tejados dorados. Muchos muros tenían, además, tal multitud de colores, que parecía como si en ellos hubiesen pegado cidras y almendras confitadas. El Cascanueces dijo:

—Ese es el Hogar de Pan de Especias junto al arroyo de la miel; en él viven magníficas personas. Pero casi siempre están de mal humor, porque con frecuencia sufren dolor de muelas. Por ello, es mejor que, en principio, no entremos.

En aquel momento Marie divisó una pequeña ciudad formada únicamente por casas transparentes y multicolores, bellísimas. El Cascanueces se dirigió directamente a ella; Marie oyó un tremendo y alegre barullo y vio miles de amables personillas que rebuscaban entre multitud de carros, parados en el mercado y repletos de paquetes, y se disponían a desenvolverlos. Y lo que sacaron parecían papeles de colores y tabletas de chocolate.

—Estamos en Bombonópolis —dijo el Cascanueces—. Acaba de llegar un envío del país del papel y del rey del chocolate. Los habitantes de Bombonópolis han recibido recientemente serias amenazas del ejército del almirante de los mosquitos y por ello están cubriendo sus casas con los regalos del país del papel y levantando trincheras con el excelente material que les envió el rey del chocolate. Pero, estimadísima *demoiselle* Stahlbaum, no vamos a visitar todos los pueblos y ciudades de este país. ¡Vamos a la capital, a la capital!

Con paso rápido el Cascanueces continuó su camino; Marie le siguió llena de curiosidad. No mucho después se levantó un delicioso aroma de rosas y todo parecía envuelto en un dulce brillo rosado. Marie comprobó que era producido por el reflejo de un agua roja refulgente que fluía entre las maravillosas notas y melodías que producían los murmullos y chapoteos, formando pequeñas olas de un rosa plateado. En aquellas encantadoras aguas que se extendían cada vez más hasta parecer casi un

gran lago, nadaban hermosísimos cisnes blancos como la plata, con lazos dorados en el cuello, que cantaban compitiendo por entonar las más bellas canciones, a cuyo son saltaban en las rosadas olas pequeños pececillos, como diamantes en un divertido baile.

—¡Ay! —exclamó Marie—. Este es el lago que en cierta ocasión quiso hacerme el padrino Drosselmeier. Realmente, yo soy la muchacha que arrullará a los queridos cisnes.

El Cascanueces mostró una sonrisa burlona que Marie nunca había visto en su rostro, y dijo:

—Eso es algo que el tío nunca podrá conseguir; quizá vos misma sí, querida *demoiselle* Stalhbaum. Pero no perdamos tiempo pensando en eso y naveguemos por el lago de las rosas hasta la capital.

LA CAPITAL

El pequeño Cascanueces dio un par de palmadas con sus pequeñas manos. Creció el murmullo de las aguas del lago de las rosas, las olas aumentaron y Marie vio acercarse desde la lejanía, tirado por dos delfines con escamas de oro, un carro de conchas formado por multitud de piedras preciosas, de mil colores y brillantes como el sol. Doce pequeños y encantadores negritos con gorritas y delantalillos tejidos con brillantes plumas de colibrí saltaron a la orilla y, deslizándose con suavidad sobre las olas, llevaron primero a Marie y luego al Cascanueces hasta el carro de conchas, que al punto comenzó a cruzar el lago. ¡Ay! ¡Cómo disfrutó Marie de lo hermoso que resultaba deslizarse en el carro de conchas, rodeada del perfume y las olas rosas! Los dos delfines de escamas doradas levantaban sus hocicos y disparaban rayos de cristal hacia el cielo y, cuando caían en brillantes arcos de chispas, parecía como si dos dulces y delicadas vocecitas de plata cantasen:

—¿Quién nada en el lago de las rosas? ¡El hada! ¡Mosquitos! ¡Bim, bim, pececillos, ssh, ssh, cisnes! ¡Suá, suá, pájaros de oro! ¡Trarará, corrientes de olas, moveos, tocad, cantad, soplad, vigilad, viene la pequeña hada, olas de rosa, agitaos, refrescad, salpicad, moveos hacia adelante, adelante!

Pero dio la impresión de que a los doce negritos, que habían saltado a la parte de atrás del carro de conchas, les molestaba realmente el canto de los rayos de agua, pues comenzaron a agitar sus sombrillas de tal forma que las hojas de dátiles de que estaban hechas comenzaron a crepitar y chisporrotear, y al mismo tiempo taconeaban un extrañísimo compás y cantaban:

—Clap y clip, clip y clap, arriba y abajo, el corro de los negros no puede callar, moveos, peces, moveos, cisnes, retumba, carro de conchas, retumba, clap y clip, clip y clap, arriba y abajo.

—Los negros son gente divertida —comentó el Cascanueces algo confuso—, pero van a hacer que se me rebele todo el lago.

Y en efecto, se levantó un enloquecedor alboroto de voces maravillosas, voces que parecían nadar en el lago y en el aire. Pero Marie no les hacía ningún caso, sino que observaba las aromáticas olas rosas, desde cada una de las cuales le sonreía un gracioso rostro de muchacha.

—¡Ay! —exclamó alegre, dando una palmada—. ¡Mire usted, querido señor Drosselmeier! ¡Ahí abajo está la princesa Pirlipat, me está sonriendo con tanta dulzura...! ¡Ay, venga, mire usted, querido señor Drosselmeier!

Pero el Cascanueces suspiró, casi lamentándose, y dijo:

—¡Oh, excelente *demoiselle* Stahlbaum, esa no es la princesa Pirlipat! Sois vos, solo vos. ¡Es solo vuestro propio y dulce rostro el que sonríe con tanta dulzura desde cada ola rosada!

Al oír esto Marie se retiró con rapidez y cerró con fuerza los ojos, avergonzada. En ese mismo momento la cogieron los doce negritos y, sacándola del carro de conchas, la llevaron a tierra. Se encontraba en una pequeña floresta casi más bonita aún que el Bosque de Navidad, pues todo brillaba y relucía en ella. Pero lo más extraordinario eran los admirables y extraños frutos que colgaban de los árboles y que no solo tenían raros colores, sino que despedían un aroma maravilloso.

—Nos encontramos en el bosque de las confituras —dijo el Cascanueces—. Allí está la capital.

¿Y qué es lo que vio entonces Marie? ¡Ay, niños! ¡Cómo podré explicaros la maravillosa belleza que se extendía ante sus ojos sobre un rico y amplio prado lleno de flores! No era solo que los muros y las torres resplandecían con los más maravillosos colores, sino que, además, hasta en la misma forma de los edificios era imposible encontrar nada semejante en el mundo entero. Pues, en lugar de tejados, las casas estaban cubiertas con coronas de delicado trenzado y las torres coronadas con la más bella y colorida hojarasca que se pueda hallar. Cuando cruzaron la puerta de la ciudad, que parecía estar hecha de almendrados y frutas confitadas, unos soldados plateados presentaron armas, y un hombrecillo, vestido con una camisa de dormir de brocados, se echó al cuello del Cascanueces diciendo:

—¡Bienvenido, príncipe, bienvenido al Burgo del Confite!

Grande fue el asombro de Marie al notar que un hombre tan distinguido recibía al joven Drosselmeier como príncipe. Pero en aquel momento comenzó a oír tantas y tan finas voces entremezcladas, tal barullo y tales carcajadas, tales juegos y canciones, que no pudo pensar en ninguna otra cosa y al momento preguntó al pequeño Cascanueces qué significaba aquello.

—Oh, excelente *demoiselle* Stahlbaum —respondió el Cascanueces—, no es nada especial. Lo que ocurre es que el Burgo del Confite es una ciudad populosa y alegre y en ella son todos los días así. Pero venid, sigamos adelante.

Apenas hubieron dado unos pasos, llegaron a la gran plaza del mercado, que ofrecía una hermosísima vista. Todas las casas que la circundaban eran de azúcar horadado, una galería sobre otra. En el centro se levantaba, a manera de obelisco, un pastel-árbol grosella, limonada y otras deliciosas bebidas dulces; y en la pila se acumulaba gran cantidad de crema tan apetitosa, que daban ganas de comenzar a comerla a cucharadas. Pero lo más bonito eran las maravillosas gentecillas que se amontonaban a miles, codo con codo, y cantaban, bromeaban y reían jubilosas, levantando así el alegre vocerío que Marie había percibido ya desde la lejanía. Había señores y damas con muy hermosos atavíos, armenios y griegos, judíos y tiroleses, oficiales y soldados, predicadores, pastores y bufones, en pocas palabras, todos los tipos que se pueden encontrar en el mundo. En una de las esquinas aumentó el tumulto; el pueblo abrió paso, pues justo entonces pasaba por allí, conducido en un palanquín, el Gran Mogol[13] acompañado por noventa y tres grandes del reino y setecientos esclavos. Pero ocurrió que en el otro extremo emprendía su procesión la cofradía de pescadores, compuesta por unas quinientas personas. Y lo peor fue que al gran jefe turco se le ocurrió dar un paseo a caballo por el mercado acompañado de tres mil jenízaros, a los que se añadió la gran procesión de la *Fiesta del sacrificio interrumpida,*[14] que avanzaba directamente hacia el pastel-árbol con sonoras músicas y cantos:

—Adelante, dad gracias al poderoso sol.

¡Qué tumulto, qué empujones, qué jaleo, qué griterío!

Y pronto empezaron también los lamentos, pues en el barullo un pescador había arrancado a un brahmán la cabeza de un golpe y a punto estuvo un moharrache de atropellar al Gran Mogol. El alboroto se hacía cada vez más frenético. Todos empezaban ya a darse empujones y golpes cuando el hombre vestido con la camisa de dormir de brocado que había recibido al Cascanueces a la entrada llamándole príncipe trepó al pastel-árbol y, después de tocar tres veces una campanilla muy aguda, gritó tres veces en voz muy alta:

---

13 Título de los soberanos de una dinastía musulmana de la India.
14 Se trata de una ópera de Peter von Winter (1754-1825).

—¡Pastelero! ¡Pastelero! ¡Pastelero!

Al momento se acalló el tumulto y cada uno trató de arreglárselas como pudo y, una vez que se hubieron recompuesto las distintas procesiones, se hubo cepillado al embadurnado Gran Mogol y colocado de nuevo la cabeza al brahmán, comenzó de nuevo el mismo alegre alboroto inicial.

—¿Qué significa eso de «Pastelero», buen señor Drosselmeier? —preguntó Marie.

—¡Ay, excelente *demoiselle* Stahlbaum! —respondió el Cascanueces—. Aquí se llama Pastelero a un poder desconocido pero temible que, según se cree, puede hacer de los hombres lo que quiera. Es el hado que reina sobre este diminuto y feliz pueblo, y lo temen de tal forma que el solo hecho de pronunciar su nombre acalla el mayor de los tumultos, tal y como nos acaba de demostrar el señor burgomaestre. Todos dejan entonces de pensar en lo terrenal, en golpes en las costillas o chichones en la cabeza, para concentrarse en sí mismos y decir: «¿Qué es el hombre y qué va a ser de él?».

Marie no pudo evitar emitir un grito de admiración, incluso de asombro, al encontrarse ante un castillo de un reluciente brillo rosado con quinientas airosas torres. De vez en cuando, diseminados por los muros, había ricos ramos de violetas, narcisos, tulipanes y alhelíes, cuyos oscuros y ardientes colores no hacían sino aumentar la blancura al teñir el fondo de rosa. La gran cúpula del edificio central, así como los tejados piramidales de las torres, estaban sembrados de mil pequeñas y brillantes estrellas de oro y plata.

—Nos hallamos ante el castillo de mazapán —dijo el Cascanueces.

Marie estaba totalmente absorta en la admiración del maravilloso palacio y, sin embargo, no se le escapó que a una de las torres grandes le faltaba por completo el tejado y que unos hombrecillos, subidos en un andamio hecho de canela en rama, parecían querer reconstruirlo. Pero antes de que preguntara al respecto, el Cascanueces continuó:

—Hace muy poco tiempo este castillo estaba amenazado de gran desolación, incluso de destrucción total. El gigante Goloso llegó por el camino, se comió de un mordisco el tejado de aquella torre y, cuando ya comenzaba a mordisquear la gran cúpula, los habitantes de Confite le trajeron como tributo todo un suburbio, así como una gran parte del bosque de las confituras. Tras comérselo, continuó su camino.

En aquel momento se oyó una música muy suave y agradable, se abrieron las puertas del castillo y por ellas salieron doce pequeños pajes que llevaban en sus diminutas manos, a manera de antorchas, tallos de clavo aromático encendidos. Sus cabezas eran una perla, sus cuerpos rubíes y esmeraldas, y caminaban sobre unos piececillos elaborados de oro preciosamente trabajado. Los seguían cuatro damas, casi tan grandes como Clärchen, pero con unos vestidos tan extraordinariamente bellos que a Marie no le cupo duda de que eran princesas de nacimiento. Abrazaron muy cariñosamente al Cascanueces y exclamaron alegres y emocionadas:

—¡Oh, príncipe mío..., mi buen príncipe..., hermano mío!

El Cascanueces parecía muy emocionado. Se secó sus abundantes lágrimas, cogió luego a Marie de la mano y pronunció en un tono patético:

—Esta es la *demoiselle* Marie Stahlbaum, la hija de un honorable consejero médico y mi salvadora. Si ella no hubiera arrojado la zapatilla en el momento oportuno, si no me hubiera procurado el sable del coronel retirado, yacería en la tumba, desgarrado por el maldito rey de los ratones. ¡Oh! Quizá comparéis a esta *demoiselle* Stahlbaum con Pirlipat, a pesar de que esta es princesa de nacimiento, en belleza, bondad y virtud. ¡Pues no, yo os digo que no!

Todas las damas exclamaron:

—¡No! —arrojándose al cuello de Marie y exclamando entre sollozos—: ¡Oh, noble salvadora de nuestro querido hermano el príncipe..., excelsa *demoiselle* Stahlbaum!

Las damas condujeron a Marie y al Cascanueces al interior del castillo, a una sala cuyas paredes estaban hechas de brillantes cristales de mil colores. Pero lo que más gustó a Marie fueron las maravillosas sillitas, mesitas, cómodas, escritorios, etc., que había por todas partes, hechas todas de madera de cedro o de palo de Brasil y adornadas con flores doradas diseminadas sobre los pequeños muebles. Las princesas obligaron a sentarse a Marie y al Cascanueces y dijeron que ellas mismas prepararían al instante un banquete. Sacaron gran cantidad de cucharas, cuencos y fuentes de la más delicada porcelana japonesa, cucharas, tenedores y cuchillos, ralladores, cacerolas y otros pertrechos de cocina, todos de oro y plata. Y luego trajeron las más maravillosas frutas y pasteles que Marie jamás hubiera visto, y comenzaron, con sus pequeñas manitas blancas como la nieve, a exprimir las frutas, añadir las especias, rallar las almendras, en pocas palabras, a trabajar de tal forma que Marie pudo darse cuenta de lo bien que las princesas conocían la cocina y, por ende, el delicioso banquete que resultaría. Y al tener la viva sensación de dominar también esos asuntos deseaba, sin manifestarlo, poder tomar parte activa en la labor de las princesas. La más hermosa de las hermanas del Cascanueces, como si hubiera adivinado el secreto deseo de Marie, le entregó un pequeño mortero de oro diciendo:

—¡Oh, dulce amiga, cara salvadora de mi hermano, tritura tú también alguno de estos dulces!

Y cuando Marie se encontraba golpeando con buen ánimo el mortero, que sonaba alegre y dulce como una buena cancioncilla, el Cascanueces comenzó a relatar con todo detalle lo sucedido durante la terrorífica batalla entre su ejército y el del rey de los ratones: cómo a causa de la cobardía de sus tropas había sido derrotado y cómo el repugnante rey de los ratones había estado a punto de destrozarle a mordiscos, por lo que Marie había tenido que sacrificar varios de sus subordinados, que se habían puesto a su servicio, etc. Durante este relato Marie tuvo la impresión de que sus palabras e incluso sus propios golpes de mortero sonaban cada vez más débiles y lejanos. Pronto vio unos velos de plata que ascendían como finos cúmulos de niebla en los que nadaban las princesas, los pajes, el Cascanueces e incluso ella

misma. Se oyeron unos extraños cantares, siseos y zumbidos, cuyo eco se perdía en la lejanía; entonces Marie se elevó, como sobre olas ascendentes, cada vez más y más alto, más y más alto, más y más alto...

Conclusión

Hasta que se oyó: «¡Prrr... paff!».

Marie cayó desde una altura inconmensurable. ¡Eso sí que fue un golpe! Pero al momento abrió los ojos y se encontró en su camita. Era ya bien entrado el día y su madre se encontraba ante ella, diciendo:

—¿Pero cómo se puede dormir hasta tan tarde? ¡Hace ya rato que está preparado el desayuno!

Ya te habrás dado cuenta, mi muy estimado público aquí reunido, que Marie, completamente aturdida por las maravillas que acababa de ver, se había quedado al fin dormida en la sala del Burgo del Confite y que los moros o los pajes, o quizá incluso las mismas princesas, la habían llevado a casa y metido en la cama.

—¡Oh, mamá, mamá querida, a cuántos sitios me ha llevado esta noche el joven señor Drosselmeier y qué infinidad de cosas bellas he visto!

Y entonces comenzó a contarlo todo, casi con la misma exactitud con la que yo lo acabo de hacer, mientras su madre la observaba maravillada. Cuando Marie acabó, su madre dijo:

—Has tenido un largo y muy hermoso sueño, querida Marie, pero ahora olvídate de todo eso.

Marie insistió con terquedad en que no había sido un sueño, sino que lo había visto todo con sus propios ojos. Entonces su madre la condujo hasta el armario de cristal, sacó el Cascanueces, que, como siempre, se encontraba en el primer estante, y dijo:

—¡Pero qué niña más boba! ¿Cómo puedes creer que este muñeco de Nuremberg, hecho de madera, pueda tener vida y movimiento?

—Mamaíta —la interrumpió Marie—, yo sé muy bien que el pequeño Cascanueces es el joven señor Drosselmeier de Nuremberg, el sobrino del padrino Drosselmeier.

Entonces ambos, el consejero médico y su esposa, se echaron a reír a carcajadas.

—¡Ay! —continuó Marie, casi llorando—. Y ahora tú, papaíto, te burlas de mi Cascanueces, con lo bien que habló de ti. Cuando llegamos al Burgo del Confite y me presentó a las princesas, sus hermanas, dijo que tú eras un consejero médico muy digno.

Las carcajadas se hicieron aún más fuertes, y Luise, e incluso Fritz, se unieron a ellas.

Marie salió corriendo a la habitación contigua; sacó de su pequeña cajita las siete coronas del rey de los ratones y las llevó a su habitación. Al entregárselas a su madre, dijo:

—Mira, mamita, estas son las siete coronas del rey de los ratones, que me entregó la noche pasada el joven señor Drosselmeier en señal de victoria.

La madre observó, llena de asombro, las pequeñas coronas de un metal totalmente desconocido, pero muy brillantes, con un trabajo tan delicado que parecía imposible que lo hubieran podido ejecutar manos humanas. Tampoco el consejero médico se hartaba de mirar aquellas coronitas, y ambos, el padre y la madre, instaron con toda seriedad a Marie a que confesara de dónde había sacado las coronitas. Pero esta no podía sino insistir en lo que había dicho y, cuando el padre la empezó a reñir seriamente e incluso la acusó de ser una pequeña mentirosa, ella se echó a llorar, lamentándose:

—¡Ay, pobre de mí! ¡Pobre de mí! ¿Qué he de decir?

En ese momento se abrió la puerta. Entró el consejero jurídico y exclamó:

—¿Qué pasa aquí? ¿Mi ahijada Marie llorando y sollozando? ¿Qué es lo que ocurre?

El consejero médico le informó de todo lo que había sucedido, al tiempo que le mostraba las coronas. Pero, apenas las hubo visto, el consejero jurídico se echó a reír, diciendo:

—¡Pero qué disparate! ¡Qué disparate! Esas son las coronitas que hace unos años llevaba yo en la cadena del reloj y que le regalé a Marie en uno de sus cumpleaños, cuando cumplió dos o tres años, ¿no os acordáis?

Ni el consejero médico ni su esposa lo recordaban, pero, al darse cuenta Marie de que las caras de sus padres recuperaban su gesto amable, de un salto abrazó al padrino diciendo:

—¡Ay, tú lo sabes todo, padrino Drosselmeier! Diles que mi Cascanueces es tu sobrino, el joven señor Drosselmeier de Nuremberg, y que ha sido él quien me ha regalado las coronas.

Pero el consejero médico puso una cara muy seria y murmuró:

—¡Eso no son más que tonterías absurdas!

Y cogió a Marie, la colocó delante de él y dijo con absoluta seriedad:

—Escucha, Marie: olvida ya esos sueños y esos cuentos. Y si vuelves a decir que ese simple y deforme cascanueces es el sobrino del consejero jurídico superior, no solo voy a tirar por la ventana el cascanueces, sino todos los muñecos, incluida Mamsell Clärchen.

Así pues, Marie no podía hablar más de lo que llenaba su alma, pues bien os podéis imaginar que cosas tan hermosas y maravillosas como las que le habían ocurrido no se pueden olvidar. Incluso, mi muy estimado lector u oyente Fritz, tu camarada Fritz Stahlbaum volvía la espalda a su hermana cuando esta iba a contarle cosas del mundo tan maravilloso en el que fue tan feliz. Dicen que en alguna ocasión llegó a susurrar entre dientes:

—¡Qué niña más boba!

Pero esto es algo que, dado su probado buen carácter, no me llego a creer. Lo cierto es, sin embargo, que, como ya no creía nada de lo que Marie le contaba, pidió formalmente perdón a los húsares en una parada de gala, por la injusticia cometida con ellos, y en lugar del estandarte perdido les colocó unos penachos de plumas de ganso más altos y más bonitos y les permitió volver a tocar la marcha de guardia. ¡Bueno, nosotros sabemos lo que había ocurrido con el valor de los húsares cuando las horribles balas les causaron las manchas rojas en sus jubones!

Marie no podía hablar de su aventura, pero las imágenes de aquel maravilloso reino de hadas la envolvían en dulces susurros y amables notas. En cuanto centraba su atención en ello, volvía a verlo todo otra vez. El resultado fue que Marie, en lugar de jugar como antes, podía pasarse el tiempo sentada, inmóvil y en silencio, ensimismada, lo que hizo que todos la llamaran «la pequeña soñadora».

Cierto día, el consejero jurídico se encontraba en casa del consejero médico arreglando un reloj. Marie, sentada junto al armario de cristal, miraba, inmersa en sus ensoñaciones, al Cascanueces y entonces involuntariamente dijo:

—¡Ay, querido señor Drosselmeier, si viviera usted de verdad, yo no haría lo mismo que la princesa Pirlipat, yo no le despreciaría por haber dejado de ser, por culpa mía, un guapo joven!

En aquel momento exclamó el consejero jurídico:

—¡Vaya, vaya…, qué tonterías!

Pero se oyó un golpe y una sacudida tan fuertes que Marie se desmayó y se cayó de la silla. Cuando volvió en sí, su madre, que estaba a su lado, dijo:

—¿Pero cómo has podido caerte de la silla? ¡Acaba de llegar de Nuremberg el sobrino del señor consejero jurídico, así que pórtate bien!

Marie levantó la vista. El consejero jurídico se había puesto de nuevo su peluca de cristal y su chaqueta amarilla y sonreía plenamente satisfecho, pero de su mano llevaba a un joven pequeño, aunque muy agraciado. Su carita era como de leche y sangre.

Llevaba una preciosa chaqueta roja con sobredorados, medias y zapatos de seda blanca, un maravilloso ramito de flores en la solapa y estaba perfectamente peinado y empolvado; por la espalda le caía una soberbia trenza. La pequeña espada que colgaba a un lado parecía confeccionada con piedras preciosas, tal era su fulgor, y el sombrerito que llevaba bajo el brazo parecía tejido con copos de seda. El joven mostró desde el primer momento su buena educación, al entregar a Marie cantidad de juegos preciosos y sobre todo un excelente mazapán y las mismas figuritas que el rey de los ratones le había roído y a Fritz un preciosísimo sable que le había traído. Durante la comida el educado muchacho cascó las nueces de todos los comensales; ni la más dura se le resistía: se la metía en la boca con la mano derecha, con la izquierda tiraba de la trenza y —crac— ¡la nuez caía hecha pedazos!

Marie se había puesto colorada al ver al joven, y su rubor aumentó aún más cuando, después de comer, el joven Drosselmeier la invitó a que le acompañara al cuarto de estar, al armario de cristal.

—Jugad juntos, niños. Ahora que todos mis relojes van bien no tengo nada en contra —dijo el consejero jurídico superior.

Y el joven Drosselmeier, apenas se encontró a solas con Marie, se dejó caer de rodillas y habló así:

—¡Oh, mi excelentísima *demoiselle* Stahlbaum, ved aquí a vuestros pies al feliz Drosselmeier, al que vos salvasteis la vida en este mismo lugar! Vos expresasteis con toda generosidad que no me despreciaríais, como la abominable princesa Pirlipat, si por vos hubiera aumentado mi fealdad. Y al momento dejé de ser un despreciable cascanueces y recuperé mi figura anterior, que no era desagradable. ¡Oh, excelente *demoiselle* Stahlbaum, hacedme feliz concediéndome vuestra valiosa mano, compartid conmigo el reino y la corona, gobernad conmigo en el Burgo del Confite, pues ahora soy rey de allí!

Marie ayudó a incorporarse al joven y dijo con suavidad:

—Querido señor Drosselmeier, usted es una persona buena y amable y, ya que además gobierna en un ameno país con una gente hermosa y divertida, le acepto a usted como prometido.

Y así Marie se convirtió en prometida de Drosselmeier. Años más tarde la recogió, como suele decirse, en una carroza dorada tirada por caballos plateados. Veintidós mil figuras, las más brillantes, adornadas con perlas y diamantes, bailaron en su boda.

Cuentan que Marie es todavía en estos momentos reina de un país en el que por todas partes pueden hallarse luminosos bosques de Navidad y transparentes castillos de mazapán; en una palabra, las cosas más magníficas y maravillosas si se tienen ojos para ello.

Y este ha sido el cuento de «El Cascanueces y el rey de los ratones».